Graziella Garbalosa

La gozadora del dolor

Novela

iv

Retrato de la autora por Esteban Valderrama y Peña
(Cuba, 1892-1964), tal como aparece en la portada de su
primer libro, el volumen de poesia *La juguetería del amor*,
1920.

Índice

La gozadora del dolor y otras novelas de Graziella Garbalosa: erotismo, naturalismo, y vanguardismo en la narrativa femenina cubana de los años veinte [1]

Graziella Garbalosa: su época y su vida

Graciela (o Graziella, como prefería ella) Garbalosa nace en La Habana en 1896, en plena época de fermento político y cultural en Cuba. En febrero de 1895, en medio de debates políticos entre anexionistas, independentistas y autonomistas, había comenzado la guerra por la independencia de la isla, en la que también participaba un torbellino de tendencias intelectuales: modernismo, positivismo y romanticismo convivían en un ambiente de gran actividad cultural. En 1898 con la ocupación americana de Cuba –que dura hasta 1902 cuando se declara la independencia– sobreviene la paz. Los años que siguen son de inquietud política y social, pero para la segunda década del siglo XX surgen épocas de bienestar económico, un auge de la industria azucarera y grandes expansiones urbanas en La Habana. Nuevamente la ciudad se presenta como un centro artístico de vanguardia, y abundan las publicaciones periódicas de familia, arte y literatura[2].

---

1   Este trabajo se basa en un estudio que será publicado en la *Revista Iberoamericana*, y en una ponencia leída en el congreso «Erotismo y representación de la mujer en la cultura latinoamericana y caribeña" celebrado en *Casa de las Américas* en La Habana en febrero del 2002.

2   La Vieja Habana es hoy designado Patrimonio de la Humanidad por la UNESCO. Ver por ejemplo los sitios de la Oficina del Historiador de La Habana: www.habananuestra.com y www.ohch.cu

Sin embargo, alrdedor de 1920 vuelve la crisis económica, y con ella las protestas políticas contra el régimen del presidente Alfredo Zayas, huelgas estudiantiles y de obreros, creación de asociaciones, revistas y manifiestos literarios de vanguardia, formación de agrupaciones sindicales y políticas (anarquistas, marxistas, anticlericalistas, feministas y otras muchas). Esos cambios radicales en la sociedad y en la política, y la importación de modales extranjeros, crearon una gran inestabilidad, pero constituían al mismo tiempo un ambiente intelectualmente dinámico y de una interesante productividad cultural. Los años que van de 1921 a 1933 se caracterizan por una gran actividad artística de vanguardia, que en pintura se rebela contra la tradición de paisajes y retratos «típicos» cubanos, y en literatura contra las escuelas de expresión política y social.

Las mujeres cubanas participaron de este movimiento cultural en gran número y en gran calidad. En efecto, la segunda y tercera década del siglo XX deben considerarse de suma importancia en el quehacer cultural de la mujer en Cuba. Se obtiene la aprobación de la Ley del Divorcio en 1918; y también en 1918 se establece el Club Femenino de Cuba que buscaba el sufragio femenino y que participó de la formación de la Federación Nacional de Asociaciones Femeninas de Cuba en 1921, compuesta de unos 8,000 miembros. Esta agrupación patrocinó en 1923 el Primer Congreso Nacional de Mujeres –el primero de América Latina– seguido de un Segundo Congreso en 1925. El grupo de mujeres poetas, cuentistas y ensayistas cubanas fue grande y activo: Dulce María Loynaz (poeta y novelista, 1903-1997), Dulce María Borrero (poeta, 1883-1945), Ofelia Rodríguez

Acosta (1902-1975; produjo dos novelas en la década de los veinte, ambas de atrevido «feminismo»), Mariblanca Sabas Alomá (1901-1983; poeta, periodista y escritora de folletos sobre religión y feminismo) y Graziella Garbalosa –entre otras.

Precisamente para esa década Graziella Garbalosa formaba parte de la vanguardia habanera; en 1920, madre de una niña, publica un volumen de poesías, *La juguetería del amor.* En 1922, ya separada de su marido, sale su primera novela, *La gozadora del dolor*[3], seguida de *El relicario: Novela de costumbres cubanas* en 1923[4]. Se educa en la Universidad de La Habana en Pedagogía (disciplina en la que recibe doctorado) y en Filosofía y Letras, vinculándose al Movimiento Estudiantil Revolucionario y al Partido Comunista de Cuba. Poeta, actriz, cantante y pianista, viaja por el país presentando un espectáculo escénico de música y poesía creado por ella misma. Participa muy activamente del ambiente de vanguardia y protesta contra el presidente Gerardo Machado (elegido en 1925), lo que la obliga a una partida repentina para México en 1926. Allí retoma sus actividades literarias, publicando la novela *Una mujer que sabe mirar* en 1927 [5]. Regresa a Cuba en 1928, pero a partir de entonces comparte su vida entre Cuba y México. Basándose en las variadas experiencias de su vida, publica prodigiosamente –obras de creación (poemas, cuentos, novelas, dramas, relatos para niños, guiones de cine), así como ensayos

---

3   Según Susana Montero, para 1950 llegan a sesenta las novelistas cubanas (1989, 8). Con excepción hecha de algunas obras de Ofelia Rodríguez-Acosta a finales de la década de 1920, pocas, sin embargo, serán como *La gozadora del dolor.*

4   Jorge Mañach se ocupa someramente de esta novela –y de otra de María Catasús– en *El diario de la Marina* de La Habana, en su edición del 30 de enero de 1924.

5   De esta novela salió una reseña en la reconocida revista *Amauta*, dirigida por Martiátegui en Lima, en enero de 1928, firmada Martín Adán. La novela presenta «...entereza de ánimo y un feminismo, aunque sincero, cuerdo y práctico,... Quizás algo de Vargas Vila, de Gabriela Mistral... Un problema de América, y una mujer que protesta en nombre de su sexo, de su raza y de su casta... [R]epetimos, la novela está muy bien, como se dice, técnicamente" (Año II, ii, #13).

x

y crónicas sobre una amplia gama de temas sociales, políticos y artísticos en los mayores diarios y revistas en México y en Cuba, especialmente durante los años veinte y treinta (*El Diario de la Marina, Bohemia, Social, Carteles, El Heraldo de Cuba, El País* y otros)[6]. Mantiene correspondencia y amistad con grandes figuras intelectuales y artísticas de la vanguardia, como Hemingway, Juan Antonio Mella, Rubén Martínez Villena, Diego Rivera (quien en 1956 dejó inconcluso un «Desnudo de Graciela Garbalosa»), Gerardo Murillo, Tina Modotti, y José Carlos Mariátegui. Viaja por Estados Unidos y Europa en gira teatral, ya con la participación artística de su hija Gracielita. Después de la revolución de 1959 mantiene su residencia en Cuba, donde fallece en 1977[7].

La novela en Cuba a principios del siglo XX

La producción novelística en Cuba de principios del siglo XX se ocupaba de los grandes conflictos psicológicos, sociales y políticos de la época, sobre todo manifestados, por un lado, a través de un naturalismo de «intenso relieve sociológico... impregnado de un fuerte sabor local» y revivi-

---

6   Algunas de estas revistas aun existen o han sido renovadas, y tienen importante contenido cultural a veces relacionado con el período de la novela de Garbalosa. Ver por ejemplo www.bohemia.cubasi, www.opushabana.cu, www.cubaliteraria.cu/monografia/social/galeria, www.habana elegante.com , o los recursos de la Biblioteca Nacional José Martí www.bnjm.cult.cu

7   Quiero expresar mi agradecimiento al señor José Alberto Romo Garbalosa, nieto de la escritora, quien me proporcionó muchos de los datos biográficos. A pesar de toda su actividad meritoria, pero quizás a causa de sus peregrinaciones entre dos patrias, se encuentran pocas referencias a su obra. El *Diccionario de la literatura cubana*, por muchos años referencia esencial, no menciona a Graziella Garbalosa; la más reciente *Historia de la literatura cubana* (2003) le dedica un breve párrafo, sólo mencionando en nota a pie *La gozadora del dolor* como «cruda novela» (II, 584); no mencionan sus publicaciones periódicas ni la fecha de su muerte.

do a partir de 1912 (*Historia de la literatura cubana*, II, 149) y, por otro, a través del romanticismo rezagado en los interminables folletines periodísticos, traducidos de escritores (y escritoras) extranjeros. Para principios de los años veinte, el interés estaba ya en la «búsqueda de una expresión nueva y el rescate de la nacionalidad» (ibid. 188). Los novelistas cubanos más atrevidos del segundo decenio del siglo XX, los más vanguardistas en expresión y temática, como Alfonso Hernández Catá (1885-1940) y Emilio Bobadilla (pseudónimo «Fray Candil», 1861-1921) publicaban en Madrid y aun hoy no gozan de gran consideración en la historia literaria cubana.[8] Las novelas eróticas de estos escritores se vieron como de carácter cuasi antipatriótico en un momento que, desde José Martí y otros padres de la patria, valoraba el amor patrio por sobre todo, y la novela como género se consideraba un instrumento para fomentar la constitución de una identidad nacional. La profanación religiosa en los actos sexuales, la ingestión de drogas, la tisis y la atracción erótica por el cuerpo muerto señalan en la obra de Catá (por ejemplo en su *Novela erótica* de 1909) una degeneración típica del espíritu *fin de siècle*. Catá también publicó, entre otros, *El placer de sufrir* (1920), y *El aborto* (1922), que aún demuestran ese mismo ímpetu. Las «enfermizas aberraciones» (11) de sensualismo de *En la noche dormida* de Emilio Bobadilla (publicada en 1914, alcanzó una segunda edición en 1920), por otro lado, se justificaron por ser «análisis» al estilo naturalista; era «un libro escrito después de haber vivido muy intensamente, y sangrante de realidad, observación y espíritu» (9), un estudio psicológico de un caso clínico (12), como observan varios comentaristas citados a

---

8   Sin embargo, Víctor Fowler considera que *En la noche dormida* de Bobadilla «constituye uno de los documentos más reveladores y complejos de las mitologías asociadas a la representación del erotismo y la sexualidad en nuestra literatura, además de ser de los más atrevidos textos de nuestro naturalismo literario» (41).

manera de prólogo a la obra. Sobre todo las novelas de Bobadilla (a partir de *A fuego lento*, primera edición de 1903), causaron escándalo y no fueron publicadas en Cuba en esa época. De hecho, en España se publicaban en gran cantidad novelas «eróticas» y/o de contenido crudo al estilo naturalista, las que gozaron de gran aprecio público, reeditándose con regularidad. Además de Bobadilla y Catá, publicaron en España, con ediciones publicadas en Latinoamérica (sobre todo en México y Buenos Aires) el prolífero Felipe Trigo (1864-1916) y Eduardo Zamacois (1873 o 1876-1972; por ejemplo, *Incesto*, de 1900)[9]. Es evidente que esta producción peninsular se conociera en la isla, donde aun dominaba el naturalismo hasta entrados los años veinte, y que estas obras repercutieran en las de Graziella Garbalosa –basta recalcar el título de su primera novela.

En Hispanoamérica la novela ha sido un género de difícil conquista para las mujeres. La narrativa fue vedada a las escritoras hispanoamericanas por referir a un aspecto del mundo exterior al hogar, considerado inapropiado para ellas. Es de notar, sin embargo, que entre las primeras novelistas hispanoamericanas del siglo XIX se cuentan varias cubanas: en primer lugar Gertrudis Gómez de Avellaneda (*Dos mujeres, Sab,* entre otras); también Luisa Pérez de Zambrana, quien escribió *Angélica y Estrella* hacia 1860 (aunque no la publicó), y Virginia Auber, una gallega radicada en Cuba por treinta y tantos años y productora de una docena de novelas entre 1845 y 1860. A fines del siglo XIX aun son pocas las narradoras nacidas en suelo cubano; la española Eva Canel publica varias novelas en La Habana (entre otras: *Manolín* en 1891 y *Oremus* en 1893), pero además

---

9   Este último tuvo estrechos lazos con Cuba; nació en Pinar del Río, pasó dos estadías más o menos largas en La Habana en 1913 y 1918, y fue muy conocido en el país. En 1910 su novela *Los inmigrantes* apareció en forma seriada en el periódico habanero *El Mundo*.

de ésta, en la última década del siglo se cuentan sólo tres novelas escritas por mujeres, todas ellas firmemente ancladas aun en el romanticismo, y sus autoras muy ignoradas[10]. Aun después de 1900 las novelistas siguen notables en su ausencia. Habría que esperar la década de 1920 para poder encontrar nuevamente mujeres escritoras de novelas en Cuba.[11]

Según lo ha indicado Rita Felski, a principios del siglo XX la creencia en la función espiritual y moral del arte cedió su lugar a un realismo agresivo que impulsó la representación de los detalles de una realidad corrompida (117). El realismo de *Las honradas* (1917) y *Las impuras* (1919) del cubano Miguel de Carrión, consideradas en su época como representación descarnada de la realidad, causó el furor de los que tenían autoridad moral.[12] Gwen Kirkpatrick explica que las consecuencias literarias de los grandes cambios sociales y culturales ocurridos en el mundo occidental a principios del siglo XX acarrearon perspectivas diferentes hacia el papel que el artista desempeñaba, así como hacia el sujeto enunciador o narrativo (3). Se comenzaba a tener conciencia de la significación de la voz que se expresaba, y esa conciencia dio lugar a muchos experimentos de una textualidad vanguardista.

---

10 Es de notar, efectivamente, la parca información disponible sobre esas autoras, así como la dificultad en encontrar sus obras.

11 Ver González Curquejo, Susana Montero 1989, y Catherine Davies, y nótese que en esos veinte a treinta años se publican otras tantas novelas escritas por hombres. En otras partes del Caribe también hay pocas novelistas mujeres; casi todas redolentes de romanticismo.

12 En efecto, los periódicos de la época revelan que hubo intentos de prohibir la lectura de *Las honradas* a las jóvenes solteras (*Historia de la literatura cubana* II, 140); sin embargo, la novela gozó de muchas reediciones.

La producción literaria de Graziella Garbalosa

En 1920, Garbalosa había publicado un volumen de poesías, *La juguetería del amor*. Aun ésta, su primera obra, evidencia una conciencia de los diferentes aspectos de la sensualidad y de su representación textual. Ya en ese momento temprano de su carrera demuestra una gran conciencia de experimentos narrativos, muy de la época vanguardista y notable en una mujer escritora. Es, pues, Graziella Garbalosa un caso extraordinario en el ambiente artístico cubano, sobre todo de la primera mitad del siglo XX. Queda claro que ella participaba del incipiente movimiento vanguardista que comenzaba a fomentarse en Cuba en los años veinte y que presentaba una conciencia de su propio quehacer, así como experimentos creativos de toda clase, como queda plasmado en las revistas de la época, por ejemplo *Social* (en la cual colaboraba Garbalosa de manera activa entre 1917 y 1924), *Bohemia* y *Fígaro*. Los prólogos de todas las obras de Graziella Garbalosa presentan sus reflexiones sobre la escritura; complementan la obra creativa de manera extraordinaria. En *La juguetería* anuncia que su libro de poemas es «una pequeña gruta de pasión, dolor, ingenuidad y ternura. Gruta que recama y embellece la hiedra del amor, el erotismo, que es el atavío más en boga en nuestra literatura del siglo XX» (3). Su expresión escritural es tanto más atrevida cuanto se recuerda que el sentimiento erótico como experiencia propia estaba vedado a las mujeres «honradas» hasta bien entrado el siglo XX. La sociedad burguesa, ultra conservadora, fue también sexualmente represiva, y mientras que para las mujeres decentes la sexualidad quedaba limitada al matrimonio, la sensualidad y el erotismo quedaron al margen aun de esa institución (Litvak 2). En algunas de sus composiciones poéticas Graziella Garbalosa retoma la labor iniciada por Nieves Xenes y Mercedes Matamoros, quienes en torno a los 1900 llevaron la delantera en la modernización de la expresión poética cubana con respecto a la concepción de la mujer, y participaron de una paulatina textualización del cuerpo femenino en el discurso poético a partir de la conciencia femenina misma —procedimiento fundamental para permitir a la mujer la captación plena del momento presente. En el poema «Copa de bronce», por ejemplo, Garbalosa explora la relación entre la pasión y la escritura poética que la exprese: «Si es el mundo la copa de bronce, / donde vierte licor la Poesía, / los poetas seremos entonces / los borrachos de lírica orgía» (28), y explicita el deseo de su propio sujeto femenino en este proceso: «¡Quiero ser la más grande beoda / de locos ensueños, apurando toda / la copa broncínea del néctar cruel!» (ibid.). Esta preocupación con la representación textual de la experiencia erótica formará el eje de su primera novela. En ella Garbalosa resalta el énfasis en la necesidad de la escritura (ficcionalizada) para suscitar la pasión, la necesidad de la escritura para formularla y para explicitar las consecuencias. Puede verse este proceso como un intento de re-textualización —y de ahi reapropiación— del cuerpo femenino, apartándose de la idealización y la simbolización tradicionales y patriarcales hacia un reconocimiento de los placeres potenciales de la materia física propia, y de las consecuencias de la sumisión a ésta.

Después de 1923 Cuba pierde de vista a Graziella Garbalosa, que reside un tiempo en México donde sigue publicando y participa de la vida de la bohemia capitaleña.[13] En el prólogo de la segunda novela que da a luz Graziella Garbalosa en 1923, el año después de *La gozadora del dolor* y titulada *El relicario. Novela de costumbres cubanas*, Garbalosa caracteriza su producción literaria hasta el momento:

> Primero les di una *Juguetería de amor*, pleno de juguetes bonitos y baratos; después una *Gozadora del dolor*, ebria de tropical erotismo; ahora que habéis gozado la dulce ingenuidad y el encendido atrevimiento, les brindo este libro de suaves esmaltes emeraldinos y azules, con tonalidades rosa y nieve. Primero la juventud, siguiéndole la pubertad, a continuación las remembranzas infantiles (5).

Efectivamente *El relicario...* parece más bien un volumen de memorias de Graziella ante «el cadáver de la infancia mía» (6), haciendo contar a una joven «las escenas del pasado» (21) de una niña imaginativa, con un «poder de imitación asombroso» (33). El libro presenta las memorias fragmentadas de «la exótica Gisela» (9), escritas cuando ésta ya cumplió los veinte y cinco años (31) en «el año mil novecientos veinte y dos..., [año] transcendental para mi país, que sufre el desequilibro del siglo reinante (...) con más armónico descabellamiento que nación alguna en todo el globo terráqueo» (29). En primera persona del singular, cuenta la infancia y la adolescencia de «Gisela» hasta la edad de quince años, la residencia en la capital cubana entre los bohe-

---

13 En la biblioteca del Instituto de Literatura y Lingüística en La Habana se conserva un pequeño álbum que al parecer pertenecía a la hija de Graziella Garbalosa. En él se encuentran no sólo preciosas pinturas efectuadas y firmadas por la escritora, sino también pequeños poemas y frases de afecto de varios grandes artistas que compartían la vida artística del México de los años treinta: Carlos Pellicer, Víctor Manuel, Massaguer y aun dibujos firmados por Diego Rivera. Este último al parecer comenzó un *Desnudo de Graciela Garbalosa* [sic] en 1956, pintura que quedó inconclusa (ver http://www.jornada.unam.mx/1999/nov99/991103/cul1.html y otros sitios de la red). El ambiente y la época representados en *Más arriba está el sol* se recrea en la película sobre la vida de Frida Kahlo (*Frida*, 2002).

mios, anarquistas y maladaptados, a través de incidentes familiares y pueblerinos, esparcidos de reflexiones filosóficas y morales, en un todo ameno y dulce. En esta novela también Graziella Garbalosa se inserta en las tendencias novedosas del momento. *El relicario...* la confirma como autora de experimentos literarios, siempre preparada a llevar la delantera en actos de escritura abiertamente autoconsciente. Se expresa la conciencia de que la realidad descrita es escrita: «Me confesaré con el público... escribiré mi vida.... Las letras negras fueron dejando el alma clara. Comencemos a leer sus confesiones...» (28).

Las novelas posteriores de la «etapa cubana» de Graziella Garbalosa de los años veinte del pasado siglo son *Una mujer que sabe mirar* (publicada en México en 1927), y *Más arriba está el sol* (publicada en La Habana en 1931 pero escrita en México en 1927 y de ambiente cubano y mexicano). La primera de éstas tiene lugar en La Habana; allí la protagonista vive con su hija pequeña en una pensión donde los otros huéspedes constituyen un microcosmos de la sociedad habanera urbana, fenómeno nuevo en la narrativa del siglo veinte:

> ...la cómica vieja,... los estudiantes de la azotea,... el joven doctor,... el emigrante retirado,... el oficinista metódico,... la jamona viuda,... el sajón hermético,... el judío sonriente,... las encascarilladas y flacas... solteronas,... la dama exgalante y octogenaria,... la muchacha clorótica de romántico y clandestino concubinato... etc. (41-42).

En ambas novelas la autora mantiene su primera obsesión, el feminismo del odio hacia el hombre y el deseo de mejorar la situación de la mujer. En *Más arriba está el sol*, por ejemplo, escribe: «Para las familias de villorios y aldeas y hasta de ciudades, el ideal del hombre es tener mujer sana y bonita, paridora de hijos, confeccionadora de guisados y sin otra preocupación ni trabajo que la limpieza del hogar» (69). Sin embargo, y de un feminismo muy de nuestra época, está asimismo consciente de que las mujeres contribuyen a este estado de cosas; ellas han internalizado las costumbres burguesas y provincianas: «Para la mujer, el ideal consiste en que el marido sea de finos ademanes e influyente con los contertulios al círculo social; y si además de eso puede presumir de bonita vivienda, muebles a la moda, modisturas económicas... es indiscutiblemente feliz» (ibid. 69-70).

En ninguna de sus obras posteriores Graziella Garbalosa vuelve a tocar el erotismo y el realismo abierto y descarnado de su primera novela. Sin embargo, aun en esos años veinte del siglo veinte, la autora domina con maestría los dobles sentidos y los recursos narrativos de densa significación. Por ejemplo, a través del simple recurso de los títulos de capítulos, en *Más arriba está el sol* establece una relación estrecha y significativa entre los eventos de la historia mundial de la época y los momentos claves de la vida matrimonial de la protagonista Adelaida: «Ruptura de hostilidades», «El bombardeo», «Atrincherada», «El relevo», «La batalla final», «El armisticio», etc. Así, entre los aspectos vanguardistas de innovación estructural narrativa ya atisbados en su primera novela, pero que habían quedado a la sombra de la expresión abierta de la sexualidad y sus consecuencias, se entretejen el proceso de la escritura (y una consecuente autorreferencialidad y juego con el sujeto —fe-

menino— productor del texto y con la voz narrativa), la
cuestión de la relación entre realidad y ficción o la calidad
de la inspiración creativa y del realismo en la novela. Por su
producción de vanguardista, de atrevido estilo y contenido,
y por su conciencia de las preocupaciones teóricas en materia de expresión narrativa se le debe contar a Graziella Garbalosa como más avanzada que los escritores (y mucho más
que las escritoras) de su época.

La gozadora del dolor: primera novela

La trama de *La gozadora del dolor* se aproxima a los melodramas de la época y, como tal, presenta las características de ese modo estético: un fuerte emocionalismo, polari-
dad moral, estados extremos del existir humano, trama
intensa y exagerada (Felski 121-122). Parte del modo melo-
dramático consiste en una retórica de extremos, y la novela
presenta escenas de una graficidad tanto sensual como realista, graficidad textual que encierra una verdad ineludible:
de que el goce del placer erótico es material, y de ahí con-
lleva como consecuencia vital —y por tanto necesaria— el dolor, el horror y, en última instancia, la tragedia extremada.
En camino a este final determinado, la escritora se lanza en
las técnicas del naturalismo no vistas en la novelística cubana hasta ese momento y, en efecto, «audaz aun para nuestra época», según Susana Montero (1989, 13).
La novela presenta dos planos: primero la vida munda-

na de la pareja artista, que se funda en la búsqueda y primacía de la belleza sensual y que se juega en la oposición genérica masculina-femenina. Se oponen la escritura –obra cerebral, masculina de él– y el baile –obra física, femenina de ella. La segunda dimensión complementa la primera; se presenta el más descarnado naturalismo que describe las consecuencias que tiene la sensualidad humana cuando se lleva a su desenlace natural: la procreación, el transcurso del tiempo y sus estragos en el cuerpo humano, hasta la muerte. Entre ambos planos, y desde la perspectiva de la bailarina, se formulan los postulados feministas de la época, que se concibieron en extremos absolutos y en términos explícitos de un odio fuerte hacia los hombres.

Desde el principio de la novela se aboga por el respeto de la sexualidad de la mujer; en palabras de Oscar: «¡Qué ridícula y absurda se le presenta la moral que le impone a las vírgenes el mundo!» (73), y «La mujer insaciable y ardorosa que nace fisiológicamente preparada para satisfacer los apetitos sensuales del hombre, ¿por qué no es respetada en la humana condición de sacerdotisa del Deseo?» (28-29), hasta el final, cuando Cecilia la bailarina, en sus últimos momentos lúcidos explica: «Las débiles eran las víctimas, las fuertes serían las niveladoras, para vengar el montón anónimo y sus dolores ocultos... ¡Si por un corto lapso de tiempo todas las mujeres se transformaran en niveladoras, la vida sufriría un cambio transcendental!» (135), ya que las mujeres se vengarían de «la fiera más temible: ¡El Hombre!» (132). Efectivamente, al matar a su amante y así vengarse, de acuerdo a sus criterios de la relación entre los géneros, Cecilia se erige en «niveladora» de la sociedad. Esto en contraste directo con el tradicional «romance» en el que, aunque sea al final de muchos obstáculos y peripecias, «the women dutifully submit to their men» (Sommer 16). En efecto, la novela de Graziella Garbalosa demuestra cuán lejos está de la época de la *foundational fiction* analizada por Doris Sommer[14]. La familia no tiene ya un lugar primordial o simbólica en la construcción de la sociedad; más bien, a través de la materialidad de los cuerpos y la muerte de los mismos, la trama señala la corrupción y la violencia moral de una sociedad en crisis. Algunas mujeres son «niveladoras» de las relaciones de género, pero perecen como consecuencia de sus actos.

La novela abarca la gama de las corrientes artísticas y sociales de principios del siglo XX; establece el ambiente sensual a partir de las descripciones de los interiores «modernistas», decadentes y preciosistas de la bohemia artística. La presencia de la autorreflexividad hacia el ambiente y las características estilísticas del modernismo, el vanguardismo y el decadentismo, se delatan a través de la presencia de innegables trazos de ironía. Cecilia anuncia que «voy a ser adorada y haré la ofrenda de mi cuerpo ante el altar de una pasión sublime» (47). Sin embargo, lo que queda al final del tiempo, envejecida la belleza en la vida y en el arte, es la conciencia «niveladora» feminista. Se presenta un sinnúmero de descripciones de la belleza del cuerpo de Cecilia, de sus vestidos, su pelo y sus joyas —todos elementos que estaban al servicio del placer físico y, de ahí, material. Abundan las descripciones, breves y ligeramente sensuales, de las relaciones físicas entre Cecilia y Oscar. Pero la novela no entra en la sensualidad abierta sino con la descripción de un acto amoroso entre las dos jóvenes hermanas, vecinas de los

---

14   Por ejemplo, Doña Bárbara, en la novela epónima publicada sólo unos cuantos años después de *La gozadora del dolor*, sensual y emprendedora, se muestra como «degenerative by definition» (Sommer 23).

artistas. Impulsada por la lectura de *Noches de amor* de Musset (90-91), la «fogosa adolescencia» de las hermanas «ha descubierto los placeres sexuales en las páginas de un libro erótico y descarnado, hasta la más intoxicante embriaguez de los sentidos» (92). Josefina le dice a su hermana: «Figúrate dos jóvenes buenos mozos... enloquecidos por un deseo maravilloso, nos morderían los rosados botones del seno mientras pulsaran las carnes estremecidas para ir penetrando en el secreto del placer infinito, hondos, suaves, dulces...» (93-94). Cuando para Cecilia –artista mundana, sofisticada en los placeres corporales –las descripciones están llenas de ironía autoconocedora, para las jóvenes son un descubrimiento vital. Se estimulan por la lectura del libro –releído y recontado, es decir reinterpretado, por Josefina; lectura que constituye una retextualización del cuerpo femenino. Sin poder contenerse, «el deseo las absorbe, el placer las acicata... [S]e besan, imitando la descripción del capítulo que las excitara con el relato de lo que desconocían» (95). Despierta a la sexualidad, y sintiendo «unos deseos locos de sentir[se] enamorada, deseada profundamente, querida...» (91), Josefina está lista para ser seducida. Oscar logra conquistarla, también a través de la palabra, de la textualización: «La táctica del seductor consistía en ir despertando con ayuda de los libros la natural exaltación de la joven artista» (101); le envía libros de Alarcón, Balzac, Blasco Ibáñez, el *Manon Lescaut*, y una novela «descarnada, pero sublime y bella» (ibid.). No tardan en entrar en relaciones amorosas el novelista de gran experiencia y una «¡pobrecita niña incauta que supo amar ampliamente, seducida por la carne y el fuego de su lozana juventud!» (120), con las consecuencias naturales que éstas producen.

Por un lado, la pareja artística novelada es reflejo de la *belle époque* europea –decadente, artificiosa, con dejes del ambiente de las novelas francesas mencionadas por Garbalosa[15]. Sin embargo, y por otro lado, la obra de Garbalosa participa con gran vitalidad de la dinámica humana y la sociedad habanera de la época. Aparecen nombres de calles, restaurantes, sociedades culturales, y otros fenómenos que sitúan la novela netamente dentro del ambiente urbano habanero. Josefina, así como sus dos hermanas, representan a la naciente clase trabajadora femenina; recién egresada de un colegio prestigioso internado, Josefina tiene que buscar empleo, situación que le provoca ideas de independencia económica, moral y social:

> «Sépalo Vd [le dice Josefina a Oscar]..., desde el próximo lunes comienzo a ir a la oficina, yo, la hija de un médico célebre que murió pobre porque quiso ser honrado... [L]as oficinistas decentes resultan más útiles y morales que las burguesas haraganas y presumidas... Sueño con ser oficinista. Con andar cómoda y ser dueña de mis actos» (83-84).

Por otro lado, la conciencia del cuerpo, mientras concientiza a la mujer acerca de sus encantos y le permite vivir plenamente en su momento, trae consigo otra conciencia, la del tejido material de la existencia humana, del transcurso del tiempo y los estragos del mismo. Con el pasar de los años, pasa la juventud y adviene el fastidio del diario vivir y los cambios en el cuerpo: «¡Envejecer! ¡Qué dolorosa realidad!» (43), observa Cecilia. Queda claro que la perspectiva narrativa valoriza el proceso de la dinámica vital en tér-

---

15   Ver por ejemplo, el número de *Social* de noviembre 1926, y el artículo de la chilena María Monvel sobre «La *flapper* y la *garçonne*».

minos de la apariencia estética y genérica. Por un lado, la conciencia de la materialidad de lo femenino cuenta con la pérdida de los encantos como consecuencia del embarazo: «dejaba de ser seductora y escultural» la mujer encinta, según Oscar (34). Por otro lado, al saber lo que ha hecho Oscar con Josefina, Cecilia decide matarlo y suicidarse ella al mismo tiempo, porque el hombre en su vejez deja de tener los encantos físicos tan importantes para un ambiente en el que priva la estética: «así [piensa Cecilia] le evitaría la vergüenza de la vejez que pone al hombre impotente y ridículo tan pronto cesa la virilidad» (137).

El erotismo literario como conciencia de lo corporal tiene una fuente consecuente en el naturalismo –la descripción gráfica de los aspectos más bajos de la sociedad a partir de la observación minuciosa de la realidad circundante. En el «Prólogo» de la novela, Graziella Garbalosa admite su deuda con el naturalismo, indicando ingenuamente que la novela es «una exacta copia de la realidad» (2). Con esa conciencia, Garbalosa va mucho más allá de Bobadilla en su «espíritu de observación y estudio psicológico» (citado anteriormente). Bobadilla se hunde en un erotismo siempre más degenerado del voyeurismo, de lo ilícito, las drogas y la exaltación de la belleza de la amada muerta. Garbalosa trata en forma explícita y descarnada de las consecuencias naturales del erotismo (el embarazo de la joven vecina) que terminan trastornando la conciencia erótica del cuerpo. Así como ejecutó una franca descripción de las escenas amorosas, nombrando las partes del cuerpo vedadas a la pluma femenina hasta entonces, Garbalosa lleva esa técnica y ese vocabulario descriptivos a otra retextualización –reapropiación– del cuerpo femenino, cuando presenta un aborto y sus consecuencias. El discurso de la comadrona que «reconoce» a Josefina como parte del procedimiento médico refleja lo que habrán sido los movimientos efectuados por Josefina en el acto sexual: «"Sube las piernas... Abre, abre tus piernas, hijita..." [L]e introduce por el sitio conveniente el mefistofélico aparato...» (121). En este caso se trata del aparato que provocará el aborto, pero la descripción asimismo recuerda el acto del desflorecimiento de la virgen. Garbalosa describe la expulsión del feto y la desaparición del mismo por medio de «un tirón a la cadena» del inodoro en el baño de la casa familiar en párrafos de un descarnado realismo:

> expulsa en el inodoro algo.... Al fin, tras un cuarto de hora, la placenta desciende y ella jadeante se levanta del receptáculo para ver lo que ha expulsado. Sus pupilas se dilatan, sus crispadas manos tiemblan... En una bolsita de agua unida a mucha basura de gelatinas y sangre, un muñequito de celuloide navega moviendo sus bracitos y rodillas... De pie, sangrante, mira aquel fruto de su vida sin poder llorar.... espantada, le da un tirón a la cadena, y entre el ruido estridente de borbotones de agua, el muñeco desciende aplastado contra las paredes del tubo, por donde va deshaciéndose al impulso de la corriente, en partículas de carnes embrionarias (128-129).

En última instancia, sin embargo, la mujer artista, creadora –la bailarina– actúa para «nivelar» y liquidar «al macho encubierto de vanidad, egoísmo y astucia...» (103). Cecilia la niveladora es vista como «la hembra sensible y perfecta en su condición de abastecedora de la especie, y robustecedora del germen y el ser...» (103). La novela es, según lo explica el mismo «Prólogo», una tesis que la autora irá «desarrollando en mis futuros libros, encaminados hacia un solo fin... para que logremos nosotras, las madres de la Humanidad, un camino más cómodo por donde ir, cargadas con el fardo de dolores que nos ha legado la Vida» (2).

Este tema feminista estilo años veinte volverá en varias de las novelas posteriores de Garbalosa, pero siempre unido a la preocupación por la variada expresión que pueden tomar en la ficción las reflexiones feministas. En su volumen de cuentos titulado *Narkis* y publicado en México en 1948, Garbalosa reproduce fragmentos de cartas del ilustre pensador cubano Enrique José Varona, de una correspondencia llevada a cabo entre agosto 1922 y septiembre 1923 y en la que Garbalosa ha pedido la opinión de Varona sobre «la novela». En repetidas ocasiones éste le aconseja a la autora que «refrene» su imaginación y su fantasía (s.p.). Sin embargo, con esta novela Graziella Garbalosa ha cumplido una función única. Quizás a la novela de «tesis» –como autodenominó Garbalosa su primera novela– pueda faltarle «arte» así como se define tradicionalmente, pero también puede ser necesario su estilo para lograr grandes rupturas sociales y artísticas. Julia Kristeva mantiene que la escritura es la cima donde se afirma el devenir del sujeto (98). Así como era necesario que las dos hermanas de su primera novela se concientizaran acerca de los placeres posibles de su cuerpo mediante la lectura para reconocer ese cuerpo como materialidad, con la escritura de la novela misma Graziella Garbalosa inició en Cuba la retextualización –y por tanto la concientización y reapropiación– del cuerpo femenino a partir del sujeto femenino mismo. E hizo tal a través de la expresión de un erotismo doblemente prohibido a la sazón: no sólo de mujeres, o entre mujeres, sino entre hermanas.

Susana Montero resume una apreciación de Graziella Garbalosa diciendo que su «audaz obra narrativa, subvertidora de algunos de los más rancios y profundos mitos de la femineidad –por ej. el de la sublimación del sufrimiento de las mujeres en tanto crisol de pureza moral– resultó prácticamente silenciada,...» (2000, 4). A esa audacia subvertidora de la cuestión feminista habría que reconocerle a Graziella Garbalosa asimismo una profunda autorreflexión sobre el proceso de la escritura y la función del arte en la conciencia humana, consecuente con las tendencias más vanguardistas de la narrativa hispanoamericana. En efecto, el pensador cubano Enrique José Varona incorporó a Garbalosa en la galería de escritores y artistas de vanguardia –llamados «Los raros» por Rubén Darío– al concluir su resumen de Garbalosa diciendo que «la crítica la tildará de desigual, pero tendrá que reconocerla original. Lo que es mucho más raro» (en Garbalosa, *Narkis*, s.p.).

Este breve estudio ha sido un primer intento de reconocerle los múltiples méritos a esta «audaz» autora cubana «original y rara», pero olvidada aun hoy hasta el silencio. Se espera que esta segunda edición de su primera novela despierte el interés de lectores y críticos.

Catharina Vallejo
2007

Obras citadas

Adán, Martín, «Graziella Garbalosa, *Una mujer que sabe mirar*», *Amauta*, II/ii, #13.

Bobadilla, Emilio. *En la noche dormida. (Novela erótica)*. [Madrid?] 1914. 2a ed. Madrid: Ed. Pueyo, 1920.

Davies, Catherine. *A place in the sun? Women Writers in Twentieth-century Cuba*. London: Zed Books, 1997.

Diccionario de la literatura cubana. 2 vols. La Habana: Ed. Letras Cubanas, 1980.

Felski, Rita. *The Gender of Modernity*. London: Harvard UP, 1995.

Fowler, Víctor. *La maldición: Una historia del placer como conquista*. La Habana: Ed. Letras Cubanas, 1998.

Garbalosa, Graziella. *La juguetería del amor*. La Habana: Impr. de Rambla, Bouza, 1920.

__________. *La gozadora del dolor*. La Habana: Impr. El Siglo XX, 1922.

__________. *El relicario. Novela de costumbres cubanas*. La Habana: Impr. Rambla Bouza, 1923.

__________. *Una mujer que sabe mirar*. México: Eda Mexicana, 1927

__________. *Más arriba está el sol*. La Habana: P. Fernández, 1931.

__________. «Julio Antonio Mella en México,» *Bohemia*, sep. 17, 1933. 8-9 y 59.

__________. *Los estudiantes revolucionarios [novela]*. México: Talleres Gráficos de la Nación, 1941.

xxx

__________. *Tres cuentos de la abuela a la nieta*. México: Talleres Gráficos de la Nación, 1945.

__________. *Narkis. Diez leyendas y cuentos, antiguos y modernos en versos clásicos y libres*. México: 1948.

__________. *Unos momentos de la reina vida [tragicomedia]*. México, 1955.

__________. *Al bosque de Chapultepec: Poema en cinco cantos*. México: B. Costa-Amic, 1958.

González Curquejo, Antonio (comp.). *Florilegio de escritoras cubanas*. 3 tomos. La Habana: Libr. e Imp. «La Moderna Poesía», 1910, 1913, 1919.

González Pagés, Julio César. *En busca de un espacio: Historia de mujeres en Cuba*. La Habana: Ed. de Ciencias Sociales, 2003.

Hernández Catá, Alfonso. *Novela erótica*. Madrid: M. Pérez Villavicencio Ed., 1909.

Historia de la literatura cubana 2 vols. La Habana: Ed. Letras Cubanas, 2003.

http://www.jornada.unam.mx/1999/nov99/991103/cul1.html (octubre 2006)

Kirkpatrick, Gwen. *The Dissonant Legacy of «Modernismo»: Lugones, Herrera y Reissig, and the Voices of Modern Spanish American Poetry*. Berkeley, U. of Los Angeles Press, 1989.

Kristeva, Julia. *The Kristeva Reader*. Ed. Toril Moi. New York: Columbia UP, 1986.

Litvak, Lily. *Erotismo fin de siglo*. Barcelona: Antoni Bosch Eds., 1979.

Mañach, Jorge, «Dos libros de mujer», *El Diario de la Marina* (ed. tarde), enero 30, 1924.

Montero Sánchez, Susana, «Primera advertencia acerca de las desventajas y riesgos seculares de ser elegida musa», *Sic. Revista Literaria y Cultural* (Santiago de Cuba), 6 (enero-marzo 2000). 3-5.

__________. *La narrativa femenina cubana, 1923-1958.* La Habana: Ed. Academia, 1989.

Rodríguez Acosta, Ofelia. *El triunfo de la débil presa* (1926).

__________. *La vida manda* (1929).

Romo Garbalosa, José Alberto. Comunicación personal, noviembre de 2006.

Sommer, Doris. *Foundational Fictions. The National Romances of Latin America.* Berkeley CA: U. California Press, 1991.

La gozadora del dolor

Novela

Habana

Imprenta «El Siglo XX» Teniente Rey 27

1922

Prólogo

Lector: El título de este libro sé que te hizo comprarle.

Antes de leerlo, ¿quieres que te diga quién es LA GOZA-DORA DEL DOLOR?... ¡Sábelo! Es la Esposa, la Madre, la Hija, la Amante. Resumen: ¡Es la Mujer!

Pregúntale a la Honrada lo que voy a decirte, y estoy segura de que responderá esto mismo: Mujer adolescente, cuando la juventud puso sus dedos en el capullo [1] de tu vida, convirtiéndote de niña en mujer, ¿qué sentiste? «¡Dolor!» Y entonces, ¿comenzaste a comprender el encanto de soñar y de sentir? «¡Sí!» ¿Y gozaste al Dolor porque fuiste inocente, pura y buena? ¿Y te hizo el Hombre su presa [2] más estimada, y clavó los garfios [3] de sus pasiones en tu carne tibia y sana, y sentiste el placer de pertenecerle? «¡Sí!» Pues tú, Mujer honrada, eres la más intensa «Gozadora del Dolor.»

Madres de la Humanidad que piensa y lucha: Cuando la simiente del amor fructifica en las entrañas y el hijo del ser demuestra su vida dentro del vientre, ¿sois felices padeciendo? «¡Sí!» Luego, así que llega la hora cruel y los martillazos del alumbramiento [4] desgarran [5] las carnes, cuarteando [6] la piel sedeña y tersa, al escuchar el lloro del recien nacido, ¿qué sentís? –«¡La Alegría del Dolor!»–. Y sois «Las Gozadoras del Dolor.»

---

1   Capullo: botón de flor; comienzo.
2   Presa: captura, trofeo.
3   Garfio: gancho.
4   Alumbrar: dar a luz.
5   Desgarrar: destrozar.
6   Cuartear: arrugar; refiere a la pérdida de la suavidad de la piel, al daño hecho por el sol y la edad.

2

Decid, amantes de la risa bulliciosa: Al entregaros al Hombre que paga el placer, observando el acéfalo [7] desprecio de los que cotizan la carne femenina, ¿qué sentís? «¡Dolor!» Sois las hetairas [8], las que lucís joyas adquiridas al costo de la honra y la belleza, gozáis pervirtiendo a la juventud que os desea y os niega. Sufrís enfermedades. No tenéis familia. Os prohiben los hijos. El Dolor de la Humanidad clava sus garfios en vuestros corazones, os transformáis en agresivas, desvergonzadas y crueles. La hiel de tantos dolores fermentada borbota en vuestras risas. Gozáis al sufrir, el Dolor de la Vida. Sois las incomprendidas, las más lastimadas «Gozadoras del Dolor.»

Pues bien: Esta novela es el preludio de toda una tesis, que iré desarrollando en mis futuros libros, encaminados hacia un solo fin. Mis fuerzas intelectuales persiguen el objeto de ir exponiendo los medios necesarios, para que logremos nosotras las madres de la Humanidad, un camino más cómodo, por donde ir cargadas con el fardo [9] de dolores que nos ha legado la Vida.

La gozadora del dolor es mi primera novela. Literariamente una chiquilla. Ella resulta el primer ejecutante de una orquesta en preparación. Explicado el título, puedes, lector, comenzar a leerla. Deseo que pase ante tus pupilas como una exacta copia de la realidad. Te dejo ante sus páginas. Adiós.

---

7   Acéfalo: monstruoso (literalmente: sin cabeza, o sea, irracional).
8   Hetaira (o hetaera): en la antigua Grecia, cortesana a veces de elevada consideración.
9   Fardo: paquete pesado.

Capítulo I

Termina el mes de noviembre. Junto a la margen derecha de la umbrosa[10] carretera que nace al extremo S. O. de la Habana[11], como a dos kilómetros de las afueras capitalinas que comienzan en el reparto viboreño[12], sobresalen por encima de florecidos jardines, las pérgolas levantadas sobre un *chalet* tropical.

En esta confortable y aislada mansión, pasará la célebre creadora de bailes clásicos, Cecilia Purmalli, lo que resta de otoño y los meses del invierno cubano, que pone sobre las praderas y las cumbres en lugar de escarchas, campanillas azules, y sustituyendo el albo sudario de las nieves, las plateadas alfombras de espartillo[13].

Decoran la perspectiva del *chalet,* una cordillera de lomas perpetuamente esmeraldinas, salpicadas de palmeras que arrogantes y erectas, abren sus penachos[14] sombríos, encima de los cuales el crepúsculo engarza[15] granates, topacios y amatistas.

Desde los cedros y los mangos del huerto, situado al fondo del edificio, cantan los sinsontes[16]. La famosa danzari-

---

10   Umbrosa: con sombra.

11   S.O.: suroeste; entre 1890 y 1920 la población de la Habana aumentó de 250,000 a medio millón de habitantes y a principios del siglo XX se verificó la construcción de casas palaciales en el barrio del Vedado.

12   Reparto viboreño: refiere a un vecindario del suroeste de La Habana, perteneciente al barrio de Jesús del Monte.

13   Espartillo: planta de fibras duras.

14   Penacho: conjunto de plumas que algunas aves tienen en la cabeza; aquí refiere a las hojas de las palmas.

15   Engarzar: unir una cosa con otra, en forma de cadena.

16   Sinsonte: de la palabra nahuatl *cenzontle* ave de origen mexicano, adaptada a la isla de Cuba, pequeña, colorida y de 'cuatrocientas voces'.

na, envuelta en una clámide [17] flexible, de seda azul pálido, sacude con sus manos los cereales de una cestita, mientras llama hacia el portal a las palomas que acuden con su batir de alas, desde los naranjos inmediatos.

Los jazmineros que trepan por las columnatas jónicas [18], dejan caer sus perfumadas estrellas, sobre las rubias y largas trenzas de Cecilia.

Así que las palomas terminan su refrigerio, ella salta las gradas del pórtico dirigiéndose al jardín.

Las columnas, los zócalos [19] y las escaleras del edificio, son de mármoles rosados que contrastan con el estuco gris de las paredes exteriores.

Junto a una fuente de alabastro festoneada con musgos [20], en una otomana [21] que ensombrece un ciprés, Cecilia siéntase distraída mientras va deshojando purpurinos capullos de un rosal.

Es abierta la distante cancela [22] de bronce asomada al camino.

Un joven, elegante y bien portado, a grandes pasos cruza la preciosa avenida de flamboyanes [23] y bambúes que desde la verja [24] conduce hasta el pórtico del chalet.

La magnética corriente del mortal Cupido, establece entre Cecilia y el visitante rápida comunicación. Y acortando la distancia separadora, por encima de los canteros [25] de violetas, ambos acuden a estrecharse.

Después de la primera manifestación amorosa, abierta en los labios la sonrisa más dulce, ascienden enlazados la escalinata.

---

17   Clámide: capa corta y ligera, de origen griego.
18   Jónico: estilo arquitectónico griego.
19   Zócalo: parte inferior de un edificio, que sirve de fundamento.
20   Musgo: capa vegetal verde que crece en la humedad de las piedras.
21   Otomana: sofá al estilo árabe.
22   Cancela: reja que se pone para separar el zaguán del acceso libre.
23   Flamboyán: árbol de origen de la India, común en el Caribe, con flores abundantes rojas anaranjadas.
24   Verja: enrejado que sirve de puerta o cerca (ver 'cancela', nota 22).
25   Cantero: cuadro del jardín sembrado de flores.

Desde el portal ven esfumarse en occidente los últimos violáceos resplandores del sol que se retira. Bajo la porcelana del cielo comienzan a titilar las estrellas como rubios jazmines. La luna se levanta del océano simulando una roja pandereta de cristal.

Y en el recibidor invadido por la penumbra Cecilia busca a tientas la negra mariposita de la luz[26], que al girarla entre la punta de sus dedos esparce claridad hasta el jardín.

El saloncito privado, durante quince días ha sido el refugio de Cecilia, por tanto luce desordenadísimo. Descorridos los cortinajes de blondas[27] amarillas. Los floreros y jarrones ostentan flores mustias[28] cuyos pétalos yacen pisoteados[29] por las alfombras donde los cojines y novelas proclaman el abandono.

El piano abierto y empolvado muestra en confuso desorden las partituras de música. Todo allí le dice al visitante cuál era el estado anímico de Cecilia, hasta el retorno de Oscar.

Cuando contempla tal desconcierto corre hacia los búcaros[30] lamentando lo mustio de sus rosas favoritas, blancas y rojas, fuertemente perfumadas y abriendo el encristalado ventanal que se asoma sobre la fuente del ciprés deja paso a las brisas que penetran cargadas de balsámicos perfumes extraídos a las yerbas, las flores y los frutos.

Deseando componer aquel desorden, rueda los divanes[31] de laca[32] con tapicería de brocado amarillo y verde mar, pone sobre la *chaise longue*[33] de cuero y esmalte[34] blan-

---

26   Mariposita de la luz: botón para prender la lámpara.

27   Blonda: encaje bordado.

28   Mustio: marchitado, gastado.

29   Pisotear: pisar fuerte, maltratando.

30   Búcaro: florero.

31   Diván: asiento alargado, por lo general sin respaldo, donde una persona puede tenderse.

32   Laca: barniz duro y brillante, generalmente rojo, de origen oriental.

33   *Chaise longue*: palabra francesa que significa un mueble similar al diván.

34   Esmalte: barniz vítreo fusionado a la porcelana, la loza o los metales; objetos fabricados por este proceso.

co marfil[35], un espléndido y arrugado mantón filipino del mismo color jade que impera en el saloncito.

—¿Ves qué desbarajuste?[36] Te presentía y no te aguardaba. Mi casa es muestra infalible del estado de ánimo que padecía. Pero llega Vd. endemoniado, y mi tristeza se esfuma más pronto que la niebla cuando la hiere el sol. Sí, sí, no se ría burlón. ¡Es Vd. un nigromante[37] caballero que desde la verja levantó a los aires cabalísticamente su pequeño bastón, y el jardín, la dueña, y la casa han despertado del letárgico aburrimiento que les poseía. ¿Qué tal, no estoy elocuente? ¿No es cierto lo que digo? Tú no lo creerás, pero es así. Cuando Vd. se dejó arrebatar[38] por la soberbia, olvidándose durante quince días de los hechizos que le brindaba mi retiro, esta servidora suya lloró para ahogar su pesadumbre y luego se dejó arrebatar por el hastío más indiferente. ¡Créalo, endemoniado! ¿Por qué te quiero tanto dueño mío?

Entablan ese diálogo ingenuo, ternísimo y complicado con que las parejas refinadas matizan las comuniones del amor. Los amantes aprisionan en esos momentos la felicidad perseguida que prontamente se les huye.

Todas las frases creadas por el niño divino, para abasto del idioma más dulce, despiertan la mutua sensibilidad mientras van repitiendo la eterna canción.

¡Fuente que la avidez[39] de los siglos no ha logrado extinguir! ¡Rosario de frases viejas que siempre son recién nacidas!

Cecilia, soltándose de los brazos de Oscar, acude hasta la estrecha y larga luna del espejo donde se copia su menuda e inquieta figurita.

Alguno que otro hilo plateado brota en el boscaje de ca-

---

35   Marfil: hecho de diente de elefante.
36   Desbarajuste: confusión, desorden.
37   Nigromante: brujo.
38   Arrebatar: quitar a la fuerza.
39   Avidez: codicia, ambición.

bellos rizosos que coronan su frente, donde muestra la nevada piel tres hondas reveladoras del poema intenso que vive su femenina y privilegiada personalidad. Es una bella mujer que ya presiente los preludios del otoño, sin haber terminado el estío.

Junto al espejo mírase las enigmáticas arrugas de la frente, único mentís[40] a su presencia de jovencita precoz.

Terminado el examen que su coquetería exigiera, complacida del azogado[41] cristal, corre junto al amante y muy quedo[42] le dice al oído estremeciendo con el aire de su voz el pabellón de terciopelo. —¡Ya soy una anciana!—Y alargando sus brazos menudos y bien hechos por el cuello de Oscar, deslízase hasta la alfombra entre las piernas del amante, que desprevenido la estrecha.

Hablan mil tonterías ingeniosas. El en sus brazos la carga como si fuera un baby. Y ella entornando[43] los ojos murmulla levemente:

—¡Cántame y méceme como si fuera tu niña! ¡Cántame un canto!

El, balanceándola en sus brazos igual que a una muñeca, murmura a media voz:

> ¡Duérmete mi niña,
> duérmete mi amor,
> duérmete pedazo
> de mi corazón!

Los giros del aire llevan hasta el jardín el eco de la copla maternal. ¡Ese canto de cuna que es un arrullo inefable!

***

---

40   Mentís: contradecir categóricamente.
41   Azogado: de espejo.
42   Quedo: bajito, tranquilo.
43   Entornar: cerrar un poco.

8

Oscar le pregunta: —¿No tienes criados?

Y Cecilia desperezándose contesta: —Desde hace una semana despedí todo el servicio, menos a la cocinera y a mi doncella Julia.

Sonriendo haragana se incorpora satisfecha, y haciendo fingidos esfuerzos, procura levantar a su amante de la muelle[44] *chaise longue.*

Embargados[45] por una suave melancolía, cruzan el pasillo a obscuras y se dirigen al comedor. Esta pieza, más larga que ancha, tiene al fondo un inmenso barandaje[46] con pintadas vidrieras hasta las que suben las trepadoras picualas.[47]

El moblaje y decorado de esta pieza, la más elegante del hotel[48], resulta sobrio y serio. Rompe la monotonía de los aparadores y taburetes[49], caoba[50] tallada y cuero pirograbado[51], la cinceladísima plata de la vajilla reluciente sobre los entrepaños[52] cubiertos con encajes primorosos; las paredes ostentan elegantes *panneau*[53] entre bujías[54] de color coral. Las mullidas alfombras representan escenas de cacerías, y en los platos de Talavera[55] las frutas naturales puestas sobre guirnaldas de helechos brindan los colores y el aroma de sus cortezas.

Los enamorados pliegan las vidrieras dando paso a los rayos lunares y apagan las luces, dejando tan sólo una velita roja en un ángulo apartado. El comedor se fantasmagoriza bajo la penumbra misteriosa.

---

44   Muelle: blando.
45   Embargar: impedir, paralizar.
46   Barandaje: antepecho de barras de madera o metal que circundan un balcón.
47   Picuala: arbusto de flores fragantes.
48   Hotel: se dice de una casa grande.
49   Aparadores y taburetes: armarios y sillas.
50   Caoba: árbol americano, muy usado para muebles finos.
51   Pirograbado: grabado con punta metálica incandescente.
52   Entrepaño: tabla para guardar objetos.
53   *Panneau*: palabra francesa que significa cuadro, pintado en la pared.
54   Bujía: lámpara.
55   Talavera: ciudad y marca famosa de cerámica española.

Y ellos frente al paisaje de la Naturaleza dormida, reconstruyen el pasado, con una charla retrospectiva que rompe la augusta serenidad del silencio.

—¡Mi mujercita! Estoy sediento[56] de tus confidencias. No me has explicado tu vida privada desde que nos despedimos en París. ¡Hace ocho años! ¿No me quieres? ¿Pues por qué no eres expansiva con tu compañero?

Cecilia toma la cabeza de Oscar entre sus manos y le besa la frente pálida y altiva, después rueda una mesita y un diván hasta el balcón, pone un plato con cerezas y melocotones y mientras se cambian las frutas con la boca, despliegan los recuerdos del pasado.

—¿Recuerdas cuándo nos conocimos? Estábamos en Londres. Fue en una de esas pocas tardes doradas que deshacen las nieblas de aquella ciudad vetusta.

La primera vez que nos vimos nos adoramos.

Me parece que fue ayer aquella noche de Abril en que desde mi palco, te vi aparecer sobre el escenario vestida de gasas luminosas, bajo un rayo de luna artificial, deslizándote por las ondas brillantes de un lago azulino como un primoroso nenúfar[57] de carne.

Estabas ligada a la tierra por el debilísimo roce que las puntas de tus pies alígeros hacían sobre aquel fingido acantilado[58] de madréporas[59] y conchas, algas y caracoles.

Días después, producto del artículo literario que más pronto recorrió la prensa europea, te hice mi deseada visita.

Vivías uno de los mejores departamentos del más caro hotel londinense. En él habías instalado tus decorativos utensilios de mujer célebre. Te acompañaban siempre, componían tu marco, era tu exótica decoración privada.

---

56   Sediento: con sed.
57   Nenúfar: planta acuática cuyas hojas flotan en la superficie del agua, con grandes flores.
58   Acantilado: de cambio de nivel abrupto, escalones.
59   Madrépora: tipo de coral.

Cuando traspuse los umbrales del nidito portátil, ¡qué divina impresión revoloteó por mi espíritu!

En un hotel cosmopolita, sistemático y moderno, un hada[60] había instalado su pajarera ensoñadora. Esterillas[61] japonesas tapizaban[62] las paredes llenas de alfanjes[63] y dagas con mangos incrustados de pedrería. Biombos[64] de seda azul turquí bordados en oro y plata de lotos y avestruces. Cortinas chinescas tejidas con piedras preciosas recolectadas en México y las Indias. Muebles de bambú adornados con pieles de tigres y leopardos, jarrones japoneses que portaban crisantemos y gladiolos naturales, un pebetero[65] de oro y malaquita[66], vasos de jade, jugueteros de marfil cinceladísimo, inmensos abanicos con paisajes valiosos y varillaje de sándalo[67], decoraban un ángulo de la pared; sombrillas niponas[68] colgadas como lámparas bajo las cuales en pequeños trípodes, presentabas una valiosa colección de ídolos y pagodas asiáticos y sudamericanos. ¿Qué has hecho de todo aquel tesoro arqueológicamente decorativo?

Cecilia no responde. Por sus traslúcidas pupilas pasa una sombra que empaña[69] la brillantez de su mirar lejano. Oscar prosigue avaro[70] de un recuerdo tan bello.

—Al sentarme sobre un diván frágil y muelle, entre la piel de un leopardo que olía a cinamomo y a rosas de Jericó, sentí la suave sensación de un sueño heroico en el que cuando se quiere palpar la realidad cambia instantánea la

---

60   Hada: ser fantástico en forma de mujer, a quien se le atribuye poderes mágicos.

61   Esterilla: tejido de paja usado para decorar las paredes.

62   Tapizar: cubrir de tapices.

63   Alfanje: espada.

64   Biombo: mampara de secciones que se doblan y sirven de decoración y separación en una habitación.

65   Pebetero: recipiente para quemar perfume o llama ceremonial.

66   Malaquita: mineral verde pulido con el que se cubren ornamentos decorativos.

67   Sándalo: madera fina y fragante, amarillenta, de un árbol proveniente del Oriente.

68   Nipona: oriunda del Japón.

69   Empañar: ensombrecer, oscurecer.

70   Avaro: codicioso.

visión del veneno delicioso... Pero no: la realidad era un sueño tangible. Los cortinajes de terciopelo verde musgo que cubrían los balcones y las puertas, no dejaban pasar la luz del sol, sólo al fondo un cortinón descorrido al centro, dejaba que un rayo de luz hiriera los canutillos[71] polícromos de la cortinilla situada a mi derecha, cuyos hilos de cristal bailoteaban poliformes al dibujarse en el tapiz esterado donde la claridad se posaba.

Un murmullo leve. Un biombo descorrido. Una muñeca de carne y hueso que aparece vistiendo pijama de seda cruda, bordado de lotos rojos entre hojarascas verdes, dragones y salamandras.

Y esta muñeca de voz musical exclamó con marcado acento de criolla: —Buenas tardes caballero.

Su cabecita de rizada melena rubia movíase inquietante, ¡qué deliciosa entrevista! ¿La recuerdas, bien mío? Hablamos mucho, identificados por la acercadora coincidencia, empapados en la comunicativa nostalgia de nuestro país, mientras apurábamos[72] en copas de plata, el verde líquido de la menta, y por tu boquilla de ágata y rubíes íbanse consumiendo los cigarrillos turcos. Cuando nos despedimos, ya las penumbras vespertinas poblaban de anhelos imprecisos la linda pajarera.

Cecilia corta la charla retrospectiva del amado, sellándole los labios con el índice donde un hermoso zafiro brilla circundado de aljófares[73]. La otra mano, cargada de extrañas joyas, despeina los finos cabellos de Oscar, mientras que las puntas de los vibrátiles dedos acarician los párpados.

—¡Han pasado ocho, años!—contesta Cecilia suspirando. Tú disfrutabas entonces de una juventud febril, ávida

---

71   Canutillo: hilo de oro o plata usado en los bordados de tela fina.
72   Apurar: tomar, beber.
73   Aljófar: perla de forma irregular.

de intensas emociones que abrieran una válvula de escape para tantas ansias, para tantos ensueños, para tal desbordamiento de vida. Buscabas el placer, el éxito, la fama. Yo era entonces la mimada del Arte, la hija predilecta del triunfo. Te di la mano y de la mía escalaste como por ensalmo, la más halagadora popularidad. Luego vino el resto. Y hoy nos encontramos tan el uno para el otro como en el primer día. Tú para mí; yo para ti. El complicado problema lo resolvimos sin dificultad: ¿no es cierto?

Cecilia corre hacia el pasillo entonando una canción de moda. En la salita abandonada, frente al espejo, desenvuelve su blonda y abundosa cabellera. Saltando los corchetes del vestido y deshaciendo los lazos de la camisa interior, únicas piezas que la cubren, ruedan al suelo las dos y al contemplarse desnuda hasta las rótulas[74], arráncase los descartados zapatos y las transparentes medias. Envuelta en el manto de sus cabellos, pone un rollo de Chopin en la pianola.[75] Toma de los jarrones las rosas naturales, y poseída por la inspiración, retorna junto a Oscar, girando sobre las puntas de sus pies. Ella baila iluminada con los pálidos rayos de la luna mientras Chopin incorpóreo, hace gemir las cuerdas, y las flores que los dedos de la artista deshojan en el aire, caen sobre los senos pequeñitos, redondos y suaves, como frutos en sazón.

---

74   Rótula: hueso de la rodilla.
75   Pianola: piano mecánico.

Capítulo II

La mañana les encuentra durmiendo enlazados en el bonito lecho estilo «Directorio»[76]. Unos toques en la puerta de la alcoba despiertan a Cecilia, y saltando ágil por encima de Oscar, acude[77] descalza a descorrer el pestillo.

Es Joaquina, la cocinera previsora que trae el desayuno. Ha visto un sombrero y un gabán en el recibidor, desorden por todas las habitaciones, y socarrona[78] y astuta lleva servicio para dos. Su señora toma el desayuno en la cama, la intriga el huésped y al entreabrirse la puerta, de un vistazo abarca todos los detalles de la alcoba. Oscar despierta al murmullo de la conversación que le interrumpe el sueño, busca bajo los cobertores el cuerpo de Cecilia, y ella envuelta en la marea de sus desgreñados[79] cabellos, camina con la bandeja entre las manos y el ojeroso rostro sonriente. Oscar la contempla, mortificadas las pupilas con la jocunda luz que se filtra por los cristales de la ventana. Ella pone la bandeja en el velador auxiliar, y tomando una uva del hermoso racimo la pone entre sus dientes. Entreabierta la boca, acercando el rostro desfigurado por el sueño hacia la cabeza del amante tartamudea:

—Muerde y besa.

---

76   Estilo directorio: refiere a un estilo de mueble francés del siglo XVIII.
77   Acudir: asistir, llegar al sitio donde le llaman.
78   Socarrona: burlona.
79   Desgreñado: en desorden.

14

Oscar estira el cuello, alcanza con sus labios la uva, quedando presas las bocas empapadas en el zumo embriagador.

Pasan los días plácidos e inadvertidos para la enamorada pareja, sin desvelos ni zozobras[80], inquietudes ni contratiempos. Los días lluviosos, los diáfanos y azules, húmedos o caliginosos[81] desfilan siempre bellos, exquisitamente uniformes. Nada rompe la feliz monotonía: besos, paseos nocturnos, siestas adormiladas y suaves, excursiones campestres. La vida cruza sin análisis desesperante, la vida pasa inconsútil[82].

Es un mediodía radioso, el sol chispea sobre cada partícula brillante del jardín. Ebria de luz, se adormece la arboleda, jubilosos revoletean los insectos. Oscar, tendido en la *chaise longue* transportada a la alcoba, deja la novela que a grandes saltos lee, y asomando el rostro por la entornada puerta del baño, le pregunta a Cecilia:

—Nena, ¿cuándo me vas a contar lo que te he pedido? ¿Vamos a seguir engañándonos sin objeto alguno? Siento ya la molestia del más desagradable misterio. Quiero saberte mía enteramente, sin reservas mentales ni secreto alguno.

Cecilia, cerrando la llave de la ducha, le pide que repita sus preguntas, y saltando de la bañadera envuélvese en la bata de baño, como una fruta madura, provocante y jugosa.

* * *

Horas después, en el automóvil de su propiedad, contemplan la puesta del sol, paseando por la Avenida del Golfo[83], mezclados a las filas de carruajes que acuden al vespertino paseo. Las espumas de la mar encrespada saltan los

---

80   Zozobra: inquietud del ánimo.
81   Caliginoso: nublado.
82   Inconsútil: sin mayores problemas (literalmente: sin costuras).
83   Avenida del Golfo: bulevar habanero construido a partir de 1900, que corre unas cuatro millas a lo largo de la costa, y popularmente llamado «el malecón».

muros del malecón, frente a la pupila del Morro, esa hirsuta y arrogante fortaleza del tiempo colonial. Dejando atrás la estatua de Maceo, atraviesan el Vedado[84] y siguen hasta la playa. Allí Cecilia, sintiendo el hechizo del poniente, experimenta la necesidad espiritual de ser expansiva. En esos momentos desea rejuvenecerse milagrosa, sentirse una vez más ataviada[85] por la ingenua frescura juvenil que tanta seducción ejerce sobre el hombre, y posando su mirada sobre las olas murmurantes, dice a Oscar:

—Bien mío, siempre avara de tu afecto, sumergida en tu amor al igual que en un lago de olvido, cerré ante nosotros el libro del pasado impulsada por la astucia que me dio la experiencia. Durante la primavera de mi vida abrumaba a mis amantes contándoles la historia de lo vivido, preliminares de la novela hoy casi irreconstruible. ¡Tan dispersos están los recuerdos! Sintiéndome a tu lado, tierna, pequeñita y jovial, quisiera no tener historia; tener tan sólo aquel suave capítulo de mi niñez dichosa y humilde. ¿Me crees descendiente de condes y marqueses como han proclamado las crónicas literarias, frutos de la psicología periodística superficial y vehemente? Era mi padre dueño de una carbonería[86], herencia de un tío venido a la América que falleció soltero. Mi madre antes de la boda había servido en casas de la nobleza. Yo soy el producto de un amor sencillo y sano. Murió mi padre cuando yo comenzaba a nombrarle. Era un hombre sentimental y enfermizo. Quedose mi madre viuda y pobre, gracias a la rapiña[87] del socio que se incautó el establecimiento. Quiso nuevamente servir, mas[88] la que fue tan querida señora de su hogar, ya no sabía sentirse mandada, y con tenacidad inquebrantable se hizo costurera al por

---

84   El Vedado: barrio habanero que entonces se estaba poblando, con casas grandes y ricas.
85   Ataviar: embellecer.
86   Carbonería: tienda de carbón.
87   Rapiña: robo.
88   Mas: pero.

mayor. Deslizose mi niñez desprovista de contratiempos, tan sólo herida por algunas infantiles ambiciones que yo procuraba ocultarle a mi madre, sencilla, resignada y buena mujer, pendiente sólo de mi salud y mis libros.

Hilando una conversación llena de imágenes y colorido, Cecilia procura reconstruir su infancia con el charlar ameno[89] de las horas comunicativas.

—Vivíamos un cuartito de un tercer piso que asomaba[90] a la calle de Teniente Rey[91] cerca del pequeño mercado que intoxicaba la corriente de aire, la atmósfera concentrada en esa última cuadra que corta el Convento de «San Francisco», hoy oficinas de Correos; colonial edificio de piedra berroqueña[92], desde cuyas torres en épocas remotas los místicos campaneros contemplaron tal vez el encanto y la belleza de una ciudad recién nacida frente al Atlántico. Nuestra habitación, pequeña y soleada, lucía un balconcito callejero por donde durante el día colábase[93] el incesante ruido de coches, carromatos y vehículos de todas clases, que transportaban las mercancías de los muelles a los almacenes colindantes[94]. Y durante la noche, desaparecido el bullicio ensordecedor, subía la saturada atmósfera de los cereales, mariscos y legumbres descompuestos en los envases. La casa que vivíamos era la única de inquilinato en la cuadra de los almacenes. Antiguo palacio, blasonada casona de personajes extintos, transformada por el tiempo en albergue[95] antihigiénico de cretinos emigrantes y supersticiosa mulatería. El primer piso ocupábanlo una oficina de informaciones

---

89   Ameno: agradable.
90   Asomar: estar a la vista de, estar cerca.
91   Calle de Teniente Rey: calle de muchas tiendas, aun llamada así en la Habana Vieja (y donde estaba situada la casa editora que imprimió la primera edición de esta novela); en 1982 toda la Habana Vieja fue designada Patrimonio Mundial de la UNESCO, y han comenzado grandes obras de reconstrucción.
92   Berroqueña: duro, como de granito.
93   Colar: infiltrar.
94   Colindante: cercano.
95   Albergue: lugar de alojamiento.

y un almacén de papel de estraza[96]; el principal desembocaba en el descanso de la amplísima escalera señoril, mostrándole al visitante la cancela de bronce y la sala recibo de misteriosa decoración antigua. Cuatro butacas de Viena componían el estrado circundando la tallada mesa de caoba, cuatro pedestales de mármol junto a las cuatro columnatas divisorias de la biblioteca y los corredores lucían los bustos de tamaño natural, representaciones de Aristóteles, Epicuro, Diógenes y Platón. Una lámpara de bronce con depósitos para el aceite combustible, colgaba del techo, cubierta por los intáctiles hilos de las telarañas. Un escritorio de caoba donde una prensa enmohecida[97] aplastaba dos infolios; junto a él un reloj de cuco marcaba las once. Hora trágica en aquella rica mansión del silencio inalterable y hostil. Silencio que desde cuarenta años atrás habitaba el intocado recinto. A las once de una lluviosa mañana septembrina, el marqués asesinó a la marquesa. Móvil: la dama era rica; el marqués dilapidaba su fortuna, gastaba la de su consorte y sostenía relaciones amorosas con una interesada e interesante jovencita, única superviviente de aquel drama pasional, que hoy, anciana devota y austera, ostenta título v acapara millones para los retablos del clericalismo. Aún dormía la marquesa, cuando a las primeras luces matinales, el marido ebrio de bebidas alcohólicas, penetró en la alcoba matrimonial, esperando junto al lecho que la simple señora despertase mientras él componía las argumentaciones convincentes. Necesitaba persuadirla para que le firmara un documento que lo hacía apoderado absoluto de una fortuna considerable, amasada con lágrimas y dolores de las clases tributarias, del eterno rebaño social, por su difunto

---

96   Papel de estraza: papel áspero.
97   Enmohecido: oxidado.

suegro, plebeyo comerciante sepultado en el panteón heráldico del marqués y toda su rama genealógica. El extinto mercader de la calle de Ricla, según la opinión pública, cretino y avaro, ciertamente duro trabajador y laborioso, había cifrado el ideal de su existencia en el engrandecimiento mundano de la hija, dormida sobre aquel lecho que custodiaba un ladrón sancionado por las leyes. La escena duró tres horas: amenazas, recriminaciones, insultos, todo era inútil. La señora sentía la ponzoña[98] del odio hacia aquel dueño que le diera la ley. Negábase a firmar el documento, demostrando el valor agresivo de las mujeres interesadas y ambiciosas. Tras las recriminaciones vinieron los golpes. El odio ensañábase[99] dentro de ambos. La ira les poseía. Ella, tomando una palmatoria[100] para tirarla sobre la cabeza del provocador, hizo que éste, sacando el cobarde puñal que siempre le acompañaba, la arrojase en el lecho, tinta en sangre. Desde aquel instante homicida, el reloj de cuco paralizado en la hora trágica permaneció inmóvil. Desde el final de la tragedia quedose la descrita mansión muda e intacta.

Su lúgubre aspecto de recinto encantado despertaba la curiosidad de todas las personas que frecuentaban el edificio. Al segundo pertenecía la casa de vecindad. Y cuando los vecinos en las altas horas de la noche, oían ruido de polillas[101] o roedores[102], aseguraban supersticiosos que era el espíritu en pena de la difunta señora. Un olor desagradable a especies putrefactas hería el olfato cuando se escalaban los últimos peldaños del último piso. Por la sala, transformada en portería, los chiquillos desnudos y sucios algunos, a medio vestir y calzar los más, retozaban[103] insultándose cual al

---

98   Ponzoña: veneno.

99   Ensañar: crecer con furia.

100   Palmatoria: lamparita o plato en el que se coloca una vela.

101   Polilla: tipo de mariposa cuya larva se alimenta de la tela de los vestidos, destruyéndolos.

102   Roedores: animales con dientes grandes que necesitan morder constantemente, por ej. los ratones.

103   Retozar: jugar, saltar y brincar alegremente.

fondo las madres junto al lavadero, pedazo de terraza frente al cuadrilátero del barandaje que permitía observar las habitaciones herméticamente cerradas del principal misterioso. Situada al fondo la cocina, era el más característico lugar de la ciudadela: atiborrada[104] de fogones, junto a los cuales charlaban, malidicentes o amistosas, las mujeres greñudas y deformadas. Un solo baño e inodoro para tanta gente, era el motivo de las discordias y altercados entre las vecinas que discutíanse constantemente los puestos, malhabladas, groseras y trabajadoras, todas aquellas pobres mujeres que justificaban la metáfora del camello de Mahoma.

Cómo sufrió mi temperamento sutil y delicado en aquel ambiente de repugnante miseria. Nuestra habitación era pequeñita, pero mi hacendosa[105] madre con su pulcra limpieza le prestaba un aspecto acogedor. Algunas latas que contuvieron chorizos, eran pintadas macetas de geranios, violetas y helechos que ponían una alegre nota de verdor en el balconcito pleno de luz. El lecho matrimonial, cómodo y vistoso, llenaba la cuarta parte de la alcoba, donde además había dos balances estilo «Reina Ana»[106], tres sillas humildes, un guardarropa de dos lunas[107], la máquina de coser y el tocador[108] lleno de frascos vacíos y bordados tapetes que con el guardarropa y el lecho recordaban el tiempo pasado, más próspero y feliz. En un extremo el baúl revestido de cretona hacía las veces de diván y un palanganero[109] ostentaba su juego de porcelana azul con dos toallas junto a los brazos. Las paredes estaban llenas de cartulinas, almanaques y esterillas adornadas con retratos. Frente al lecho el de mi padre, dibujado al creyón, lucía un marco negro y plata.

---

104   Atiborrada: llenada con exceso.
105   Hacendosa: laboriosa, trabajadora.
106   Estilo 'reina Ana': estilo de mueble inglés del siglo XVIII, de formas curveadas y barrocas.
107   Guardarropa de dos lunas: guardarropa con espejos grandes que permiten ver a la persona entera.
108   Tocador: mueble con mesa y espejo, usado para el aseo de una persona.
109   Palanganero: mueble donde se coloca la palangana o el vaso usado para lavarse.

Sobre el hule blanco de la mesita de pino siempre había una jofaina[110], dos vasos, dos tazas, dos cubiertos, una cafetera y dos fuentes. Y a través de los años esta decoración de la infancia es la única que subsiste en mi memoria. Yo era una niña de carácter observador. Recogía minuciosamente los más ínfimos detalles desapercibidos para el personal que rodeaba la escena de mi niñez, y desde el sahumerio[111] que todas las mañanas hacía en su cuarto la mulata Nicolasa frente a una imagen china, un San Lázaro y una Santa Bárbara, para quienes compraba flores, dulces, naranjas, calabazas y confites; hasta las agarradas de moño que tenía la Isabel, una gallega conversadora y mal pensada, con la Milagros, supersticiosa granadina de rencores temibles, todo ha quedado flotando a través de los años por la urdimbre[112] de mis recuerdos. Las demandas del casero, los muertos y las enfermedades eran episodios que rompían durante breves horas de febril curiosidad, la sistemática vida de aquellas gentes comelonas, embrutecidas y desaseadas. Se deslizaba mi niñez con una prontitud imperceptible. Yo no podía advertir las preocupaciones maternales. En la ciudadela las vecinas tenían para nosotras un sórdido respeto. La serpiente que todos los humanos llevamos en el alma, unos ahogándola y otros robusteciéndola, alejaba de nosotras a la vecindad. La envidia iba separando a los vecinos de nuestra habitación. Durante las veladas, mamá leía conmigo libros de cuentos, periódicos y revistas; éstas y aquéllas contribuyeron a poblar de ilusiones mi precoz imaginación. Mirando los retratos de las artistas en boga, extasiábame bajo la ensoñación de un embrionario deseo. Las anécdotas y descripciones de sus vidas privadas y los triunfos artísticos, despertaban en mi cerebro anhelos imprecisos.

---

110   Jofaina: palangana.
111   Sahumerio: (ceremonia de) dar aromas agradables con el fin de purificar.
112   Urdimbre: intriga, trama (refiere a los hilos del tejido en un telar).

Recuerdo de aquellas veladas inolvidables y me acompañan durante las infantiles remembranzas, las dos bellísimas manos de mamá. Ellas en las horas de nostálgicas tristezas, resucitaban sobre la epidermis de mis párpados como heladas mariposas; ellas fueron adorado mío, dos lirios pascuales, que perfumaban cariciosos los rizos[113] de mi cabecita rubia. ¡Qué lindas eran las manos de mi madre; qué puras y santas! Limpiaban la alcoba; guisaban[114] nuestro alimento; lavaban y planchaban mis vestiditos de muselina y de encajes; cosían sin cesar, para abastecer nuestras necesidades, y eran suaves, bellas y blancas.

Algunas tardes que por indisposición o cansancio no me llevaba a jugar al Campo de Marte[115], yo subía hasta la azotea del edificio y apoyada en el muro, imaginábame cerca de las nubes, en pos de las cuales, deseaba irme volando; y con la infantil fragilidad de los niños, transformábame de soñadora en revoltosísima chicuela. Desde aquella altura veía la calle a la caída del sol, congestionada por el desfile de oficinistas y vehículos de todas clases, efectuado con el atropello[116] de bestias y personas. Y mi comprensión atrevida, establecía juiciosas comparaciones entre los detalles del mundo y los de la naturaleza, al observar también en el espacio, el desfile que las nubes disciplinadas y bellas iniciaban hacia el hogar de todos, el hogar único: el ocaso inconmensurable entre los límites del cielo y el mar. Estas comparaciones hechas por una pequeña llenaban de admiración a mi madre inculta, pero inteligente. La torre del Convento de San Francisco, albergue de murciélagos[117] y lechuzas[118], era un nido de leyendas, para la fértil imagina-

---

113   Rizo: mechón de pelo en forma de bucle.
114   Guisar: cocinar, sazonar.
115   Campo de Marte: plaza en la Habana Vieja, hoy llamada Parque de la Fraternidad.
116   Atropello: choque o empuje violento de un gran número (de personas o animales), para abrirse paso a la fuerza.
117   Murciélago: mamífero generalmente negro que vuela de noche.
118   Lechuza: búho.

ción popular, que aseguraba aparecían fantasmas en las rotas ojivas[119]. Y siempre que yo contemplaba el campanario, sentía ese miedo escalofriante de lo desconocido; por aquel entonces la soñadora cabecita reconstruyó patrañas[120] acaecidas en las celdas y los sótanos del vetusto[121] convento. Mas cuando la noche iba tendiéndose sobre la ciudad, el miedo a la torre me hacía bajar presurosa hasta las faldas de mi madre.

Detrás del majestuoso edificio que hace recordar la España de Felipe Segundo, el muelle de San Francisco y la rota Avenida de Paula refrescaban la vista con el verdor de los álamos y laureles y el blanco velamen de las goletas que cortaban la rizada espuma de la bahía.

A la puerta del abigarrado[122] café, donde los emigrantes que visten sucios pantalones de pana y boinas rojas, maldecían las desventuras del emigrado, el organillo bullicioso dando al aire las notas de las canciones y bailes populares, invitábame a danzar inconsciente y locuaz causando el asombro de los otros niños de la casa, que veían romperse a encanto de la música barata, el indiferentismo idiosincrático que les profesaba.

Muchas veces al terminar la danza intuitiva, contemplé presa de un asombro halagador, que desde los balcones del frente los oficinistas miraban mi bailable absurdo y rítmico. Una vergüenza repentina y un orgullo secreto, hacíanme bajar corriendo hasta donde estaba mi madre pero satisfecha en el fondo del alma con aquellas revelaciones.

Así se deslizaba mi vida. Mas un día mamá cayó enferma, recostada en su lecho me tenía junto a ella pendiente de todo lo que necesitaba. Una mañana me abrazó nerviosa y

---

119 Ojiva: arco.
120 Patraña: historia larga y complicada, fabulosa e inventada.
121 Vetusto: viejo.
122 Abigarrado: confundido, desordenado, sin armonía.

con la voz opaca y empañándose los ojos, me dijo: «Hija mía, tú tienes una tía muy buena que te quiere conocer; busca un pliego de cartas para que le escribas ahora mismo lo que voy a dictarte; yo me siento enferma, hijita de mi alma, yo me siento muy mala.»

Tuve desde aquel momento la revelación de mi desventura. Un punzante dolor estremeció mis entrañas infantiles y la idea de la muerte obscureció mi espíritu, mientras en la garganta un nudo me cortaba las frases. Por mis pupilas rodaron las lágrimas precipitadamente, la más angustiosa desesperación quería desbaratarme el pecho a sollozos; abrazada a mi madre lloré tanto, tanto, que la pobrecita, bebiéndose las lágrimas, procuró consolarme, distraerme, y viendo la inutilidad de sus palabras, llamó a unas vecinas, quienes me hicieron tomar un cocimiento de tila.

Vino el doctor, diagnosticó de grave la enfermedad. Un abceso en los ovarios, operación inmediata, inminente peligro de la vida. Y mi madre murió días después en la sala de un hospital, llamando a la hijita de sus ilusiones, de sus desvelos y sacrificios. Murió sola, lejos de la que amaba, mi nombre por sus labios desprendiose con el último aliento de vida. Murió desesperada, porque se iba de la vida, dejando en los brazos de la dura humanidad al tesoro de su vida.

Enfermé. La muerte de mi madre pobló de tinieblas la blancura de mi alma. Yo estaba en la edad peligrosa de la transición psicológica y moral: tenía trece años. Sumergida en un estado de inconsolable desesperación, pasábame las noches llorando sin tregua[123]. ¡Mi madre muerta, tan dulce, tan trabajadora, tan honrada, tan buena, tan mía! Yo, huérfana, sin madre que me peinase los cabellos, que me

---

123   Tregua: pausa (generalmente refiere a una suspensión de hostilidades entre enemigos).

vistiera encantándose, que me llevase a jugar con las otras niñas al Campo de Marte. Rotos los sueños del porvenir, truncas sus ilusiones. Y yo, sola, sola en el mundo. Mi tía, hasta ese momento desconocida por mí, tutora desde la gravedad de mi madre, ¿era acaso una compensación? ¡No, yo quería estar con mi madre, sobre su regazo[124], verla una vez más tan sólo, oir sus consejos! Yo necesitaba entonces más que nunca su afecto, cuando irrumpía todo el enjambre[125] de sentimientos indefinidos.

¡Mi pobrecita madre que se desvelaba prescindiendo de su salud, ante la máquina llena de costuras, para obsequiarme con cintas, dulces, juguetes y libros!

¡Ya yo no veía más a mi madre! Decíame una y mil veces durante las altas horas de la noche, sola en la cama de un cuarto de hotel a donde la tía me llevara.

Y bajo la obsesión de aquella muerte que yo no aceptaba, tan dolorosa en aquellos momentos definitivos para mi transfiguración fisiológica, anímica y social, desesperábame a tal extremo que sentía en el alma desgarraduras incurables. Así efectuóse el cambio de mi vida. La tía era joven, linda, famosa, media hermana de mi madre, hermana paterna. Sevillana y bailarina de notoria celebridad, que actuaba en uno de los principales teatros. Dos meses hacía que estaba en Cuba. De carácter alegre y genio franco. Cariñosa y olvidadiza. ¡Aquí cierra el capítulo de mi infancia! La muerte de mi madre fue el broche[126] tenebroso que puso término a la sencilla, tierna e imprecisa vida mía...

Basta por hoy bien mío, dame un beso. Tengo la boca seca.

De los ojos empañados de Cecilia, ruedan dos lágrimas hasta la comisura de los labios febriles.

---

124   Regazo: refiere a la parte de la falda que cae sobre la rodilla y donde se
       refugian los niños pequeños.
125   Enjambre: multitud .
126   Broche: alfiler de joya que se pone en una blusa o camisa.

Oscar, entre sus manos, cariñoso y enternecido, calienta los dedos helados de la amante, y con los labios apura una lágrima que brilla sobre el arco encendido de su amargada boca.

Al levantarse, la marca de los cuerpos queda señalada, en la arena hasta largo tiempo después de alejarse tras los álamos del paseo, el automóvil elegante.

Por el ocaso la lumbre solar matiza las nubes que se van esfumando entre los oleajes del horizonte, como los colores de una paleta cuya extensión es el infinito.

Capítulo III

De regreso a la madrugada —después de comer en el Casino, de presenciar la última tanda del teatro Martí[127], esa vaudevillesca bombonera de las tiples[128] jóvenes y lindas, de cenar en «El Telégrafo» acompañados de un cronista social, un poeta de smoking y un empresario de estrellas—cansados y satisfechos, así que llegan a su precioso retiro, con toda rapidez efectúan el cambio de *toilette* y enlazados cariñosamente apagan la luz para dormir.

Oscar padece de insomnios. Una agitación nerviosa le priva del sueño. Para no molestar a Cecilia, procura sumergirse en la atracción de los recuerdos. Piensa cosas extrañas, fantasea calamidades[129] abrumadoras. Los mosquitos le inquietan. El suave resplandor que la luna dibuja sobre los cristales, predispone sus nervios a favor de los aparecidos. Reflexiona sobre la metempsicosis[130], la trascendencia de los acontecimientos, y divagando sobre diversas teorías bocetadas[131] en su cerebro, reconstruye mentalmente algo del pasado.

Resucitan en su memoria las pasiones vividas. Remem-

---

127 Teatro 'Martí': construido a fines del siglo XIX (y existe todavía), era uno de los teatros de más importancia en lo que es hoy la Habana Vieja; allí por ejemplo se presentó por primera vez una película cinematográfica en Cuba, en el año 1897. Lleva el nombre de José Martí (1853-1895), héroe de la guerra de independencia cubana (1895-1898).

128 Tiple: cantante femenina de voz aguda.

129 Telégrafo: un hotel que aun existe en el centro de la Habana Vieja.

130 Calamidad: desastre.

131 Metempsicosis: doctrina filosófica de origen oriental que cree en la transmigración de las almas después de la muerte.

branzas de goces carnales y breves horas de placer, disfrutadas en la época del atolondramiento[132] juvenil, con la cooperación de amigos parasitarios y meretrices[133] desquiciadas. Y las bellas mujeres del mercado de la lujuria, se aparecen por la penumbra de la alcoba en un aquelarre[134] sabatino; son sus rostros las corolas de una floración artificial, sus cuerpos gusaneras de emociones enfermizas. Ellas bailan una zarabanda desordenada con las cabelleras distendidas y los cuerpos desnudos, donde los placeres lujuriosos han clavado sus uñas, dejando ronchas y cicatrices. Y las hetairas que mas él había querido, aquellas que le iniciaron en los placeres envejecedores, aparecieron ante su concentración convertidas en guiñapos[135] de susceptibles valores intrínsecos, comprados por la humanidad mal oliente para satisfacer y limpiar sus necesidades fisiológicas. Y todas relampagueando bellísimas, muestran los sexos como lepras arañadas por el hombre, cuando Dios le maldijo y le besó Lucifer.

Oscar da media vuelta en el lecho y nota que su cigarrillo ha quemado el pijama y la colcha; con la felpa de los cobertores desbarata el fuego y besando las trenzas de Cecilia que caen sobre el hombro de él, continúa sus divagaciones, diciéndose:

—Si las mancebías[136] y sus consecuencias han emponzoñado la especie humana, ¿por qué los hombres civilizados de la raza europea, no hacen que la prostitución sea un culto parecido y superado al que se le rinde a las hetairas en el Japón? La mujer insaciable y ardorosa que nace fisiológicamente preparada para satisfacer los apetitos sensuales del hombre, ¿por qué no es respetada en la humana condi-

---

132   Bocetar: bosquejar, esbozar.
133   Atolondramiento: aturdimiento, distracción.
134   Meretriz: prostituta.
135   Aquelarre: reunión nocturna de brujos.
136   Guiñapo: persona envilecida y degradada.
137   Mancebía: prostíbulo, burdel.

ción de sacerdotisa del Deseo? ¿Por qué han de ser encerradas y maltratadas moralmente, obligándolas a transigir[137] con vicios obscenos, a someterse a más de lo que desean y pueden resistir, empujándolas a negocios degradantes y a los hombres de otras razas y condiciones que no pertenecen a la de su idiosincrasia?

Bien está que la hetaira viva separada socialmente de la mujer que llamamos honrada y sólo suele ser casta, de la mujer constituida por las leyes naturales para el marido procreador, el cual resulta suficiente a satisfacerla, durante los primeros años de matrimonio, a rendirla y extenuarla[138], si ambos están jóvenes y sanos.

Es lógico que la sociedad ponga una muralla divisoria entre estas dos mujeres; pero que a la hetaira se le aísle de todo bien moral para ser arrojada[139] en el peor de los fangos[140], constituye un crimen odioso ante la grandeza moral del hombre. Esa ilusa víctima de las iras de Lucifer, que ha establecido la diferencia de clases, no de acuerdo con las leyes zoológicas, pero sí obedeciendo al egoísmo acéfalo que le hace víctima de sus propios prejuicios.

El hombre constituyó el dinero para repartirse el esfuerzo de los espíritus más débiles. El hombre con sus vicios emponzoña a la hetaira, y ésta manda los gérmenes de la degeneración, hasta los vientres de las madres de familia. La civilización huye del hombre, y el hombre la persigue sobre el corcel[141] de los vicios. Satanás espolea[142] esa cabalgadura, y ella va dejando los girones de su indumentaria[143] por el árido camino; pero para que el hombre la posea, es necesario que se acerque a Dios.

---

138   Transigir: consentir con lo que no se cree justo, para acabar una discusión.

139   Extenuar: cansar mucho, agotar.

140   Arrojar: lanzar.

141   Fango: barro, lodo.

142   Corcel: caballo.

143   Espolear: incitar, estimular a alguien a hacer algo (literalmente: animar a un caballo con las espuelas).

144   Girones de su indumentaria: pedazos desgarrados del vestido.

El bruto y el idiota no son seres odiosos, pues tienen su misión favorable en la vida y a su manera viven, ésta contribuyendo a que los demás vivan también; sólo el degenerado moral y material es una concreción plutónica que a todo costo se debe combatir con la higiene del raciocinio, al igual que se combate el microbio de la viruela con la profiláctica vacuna.

Cecilia, dando media vuelta, distrae a Oscar de sus reflexiones fumigadoras. Y el espíritu ensanchado[145] por tan sanas apreciaciones va desdoblando el lienzo de los recuerdos más queridos.

A los diez y ocho años abandonó los estudios abrumantes[146], porque sentía bajo el cráneo bullir la fiebre de las aventuras. Viajar, ver otros cielos, otros campos, otras ciudades, vivir nuevos amores y otras civilizaciones. Desde niño, desdeñoso a los afectos familiares huyó del hogar pueblerino a la ciudad buscando a todas horas las sensaciones más fuertes.

Pronto conoció la jauría[147] de pesares que toda capital oculta bajo la falda del bullicio. Las aficiones literarias y el carácter intrépido le hicieron periodista. Debido a su penetración aguda, como era valiente y ambicioso, pronto ascendió a director, valiéndose para ello de las más feas intrigas y las más despreciables claudicaciones[148] de la dignidad.

Los ensueños truncos y la miseria imperiosa, soportada con relativa apariencia, iban malogrando las más delicadas creaciones de literato.

Joven, fuerte y aventurero, la escasez monetaria encarcelaba el espíritu principesco. Las luchas periodísticas, comer en restaurantes de segunda clase, dormir en departa-

---

145 Ensanchar: ampliar.
146 Abrumar: agotar, preocupar.
147 Jauría: conjunto de perros cazaderos.
148 Claudicación: tentación.

mentos de Casas para Familias, entrar de gratis en el teatro vistiendo siempre la misma ropa, correr juergas[149] por los burdeles caros los días de cobro, consumiendo en una noche la cuota semanal, para tan sólo saturarse de vicios que durante breves horas de autosugestión, le hacían olvidar sus desdichas reales; ¡aquella ropa elegante que veía en las vidrieras, los restaurantes luminosos y seductores, a donde los burgueses millonarios se hacen acompañar de las mujeres deliciosas y lindas, que se doblan al peso del oro cantarín[150] y convincente!

Mediante la utilitaria campaña política que desde el periódico sostenía con sus panfletos de libelista, se proporcionó una cartera de ministro de Cuba en Bélgica, después de celebradas las elecciones presidenciales por toda la república, cuyo pueblo proclamó burlada su confianza.

Emigrante caballero de la patria, borracho de ambiciones, lanzose hacia países desconocidos al impulso de una sed moral inaplacable. Tal era su aspecto cuando le conoció Cecilia.

Alguna que otra frágil y doliente aventura de amor, poetizaban los años primeros de aquella brillante carrera de mundano. La pasión por la danzarina resucitó en su cerebro la llama del arte. Y los artículos y las crónicas de Oscar Fuenterrabía, volvieron a ser saboreados con delectación[151].

¡Cuántas zozobras y contratiempos le asaltaron durante aquel preludio pasional, siempre que necesitaba mandarle a Cecilia obsequios de rendido pretendiente!

¡Cuántas inquietudes y desvelos para conseguir las doradas monedas que se convertían en cestas de claveles, ramos de orquídeas, *corbeilles*[152] de gladiolos, manojos de

---

149 Juerga: fiesta, diversión.
150 Cantarín: sonido suave y agradable.
151 Delectación: deleite, satisfacción.
152 *Corbeille*: palabra francesa que significa cesto.

azucenas, o en gasolina de los Cadillac y Mercedes que a la puesta del sol, en las comunicativas tardes invernales, le llevaban a pasear por el *Bosque de Bolonia*[153], junto a la adorada mujercita, ídolo del público europeo!

Pero ella le quiso. Iba a descansar durante unos meses, ya que sentíase algo extenuada por el derroche[154] de trabajo efectuado durante la *turnée*[155].

Y, en aquel hotelito de las afueras de París, mientras la Primavera deshacía las nieves y sembraba de florecillas los aleros[156] de las granjas hasta donde las golondrinas empezaban a llegar, él pudo hacerla visitas íntimas instalándose días después, junto a aquella deliciosa muñeca de la danza y el ritmo. Y el espíritu de Oscar pudo reponerse de la lucha económica que tanto le deprimía.

Dos meses después, la muerte de su madre acaecida en la vieja casona de provincia, le llamaron a Cuba para tomar posesión de la bienvenida herencia.

Despidiose de Cecilia bajo la promesa de volver. Al entrar en el puerto de la Habana el trasatlántico francés, el sol de los trópicos hería las verdes cumbres llenas de rocío[157], descomponiendo el tinte rosa de los celajes matutinos. Apoyado en la baranda de a bordo, experimentaba la honda emoción del retorno a la tierra donde se nace. La bahía y el puerto embriagaron su sensibilidad artística, con el radiante panorama lleno de luz y colorido.

Era la Avenida del Golfo una blanca herradura sembrada de simétricos topacios, que tales parecían desde el océano las farolas eléctricas[158], azul el mar que rompe sus olas

---

153 *Bosque de Bolonia*: traducción del nombrere de un parque en París llamado *Bois de Boulogne*.
154 Derroche: despilfarro, gastos grandes e innecesarios.
155 *Tournée*: palabra francesa que significa gira o viaje que hacen los artistas para sus presentaciones.
156 Alero: parte inferior del techo, que sobresale del edificio para protegerlo de la lluvia.
157 Rocío: humedad que cubre la naturaleza por la mañana.
158 La electrificación de la ciudad de La Habana había comenzado a partir de 1890 y desde 1900 hubo un sistema de tramways eléctricos.

coronadas de espumas sobre los arrecifes[159] del Malecón. Y por el asfalto de plata, bajo la brillante diafanidad del cielo, alguno que otro automóvil cruzaba la curva del Prado[160].

En el Puerto una población de navíos y goletas tendían sus velas a las brisas del amanecer. El panorama era esplendente.

Por vez primera huyó de la memoria de Oscar la imagen de Cecilia.

La Habana, esta hija pequeña entre las muchas que Mercurio[161] tiene, atrajo, hacia el seno de la más alta sociedad al ilustre literato, revestido con el exótico porte que imprime la pátina de los viajes. La leyenda parisiense, conocida entre los amigos, gracias a la correspondencia epistolar, captábale admiradores y satélites.

Las comodidades que proporcionan siempre las carteras con billetes de banco, le hicieron en pocos días el caballero de moda de los círculos escogidos. Era el preferido de las favoritas del teatro. Las revistas y periódicos discutíanse sus trabajos. Y a los tres meses, atraído por la batahola[162] periodística, social y farandulesca[163], notó que se olvidaba de Cecilia.

En las veladas ateneístas[164] y *soirées*,[165] encontrábase a menudo una rubia jovencita, gala y ornato de tales fiestas. Quinceño *bibelot*[166] enamorado del arte de Talía[167], que se consideraba como futura celebridad. Menuda y gentil declamaba con acierto y los aplausos de las amistades la hen-

---

159 Arrecifes: rocas de coral.
160 El Prado: avenida principal que corre desde el Malecón al margen de La Habana Vieja.
161 Mercurio: dios romano del comercio.
162 Batahola: bullicio, ruido grande.
163 Farandulesca, de farándula: profesión y ambiente de actores.
164 Ateneísta: del Ateneo, club de intelectuales muy común en los centros urbanos de Hispanoamérica.
165 Veladas ateneístas y *soirées:* el Ateneo era un grupo de intelectuales que se reunían para hablar de arte y política; *soirée* es una palabra francesa que refiere a presentaciones artísticas (*soir* es noche).
166 *Bibelot:* palabra francesa que signifia pequeño objeto de adorno.
167 Talía: puede referirse a la Musa griega de la comedia y poesía; también puede ser la Gracia Talía, diosa de las fiestas.

chían de satisfacción. Fácil fue para el exquisito literato, debido a su buena figura y a sus modales caballerescos, la espritual adquisición de aquella ingenua mujercita, que deseaba tan sólo amar y ser correspondida. Las relaciones entre ambos fueron legalizadas por la aceptación de los padres, y la sociedad habanera tuvo aplausos para el bonito romance.

Después vino la boda. Sintióse la fraguada[168] actriz dichosa junto al esposo mundano, exquisito en las horas privadas.

Mas, como todo en la vida tiene su revés Meirella y Oscar adivinaron el suyo. Los achaques[169] de la maternidad durante el estado de gestación fueron sembrando la diferencia entre los esposos. La estatuíta mimosa se transfiguraba, los senos pequeñitos y duros hinchábanse demasiado, el elástico vientre crecía, las caderas perdiendo su dibujo señalaban las piernas más delgadas y endebles. Una irritabilidad nerviosa descompuso las dulces facciones de aquella mujercita presumida, que contemplaba con tristeza su transformación maternal. Ante la esperanza de poder abrazar un hijo de sus entrañas, fruto amoroso, capullo de la simiente placer, calmábase, pero las distraídas atenciones del marido y los cuidados casi paternales, le hablaban a su orgullo de hembra, demostrándole cuán mal decible resulta la prueba de nuestra inferioridad sexual.

El ahora la quería lleno de conmiseración, porque sufriendo ella achaques desagradabilísimos dejaba de ser seductora y escultural.

La maternidad fue deshaciendo el encanto de la luna de miel. Los miles de pesos mermaban[170]. La fortuna íbase del

---

168 Fraguada actriz: actriz por hacer, en el comienzo de su carrera.
169 Achaque: dolencia, padecimiento.
170 Mermar: disminuir, quitarle algo.

camino. Quien se adaptara tan a satisfacción a los dulces placeres del vivir, no podía resignarse a comenzar nuevamente aquel pasado mezquino y difícil. El horror a la lucha por la vida estableció la discordia entre la desigualdad matrimonial. Emprendía negocios especulativos y fracasaban. La política habíale vuelto las espaldas. Presentó en un concurso literario algunas obras y ninguna obtuvo premio. Sólo perduraban fieles a la escuela del don Juan, las conquistas amorosas, pero la sutil penetración de su mundología descifraba el origen de tales amoríos, productos de los más desagradables aspectos. Mujeres que se apasionaban de su hombría, espíritus pequeños, hambrientas del placer que los maridos les hurtan. Niñas fáciles a los arrullos[171] morbosos, enfermas de lecturas eróticas y cinematógrafo italiano, sabias en repartir besos y caricias, escapando hábilmente de la posesión absoluta; y en último término las encantadoras figulinas[172] del teatro, tiernas ante las joyas, las flores y los reclamos[173]. Todo el cortejo de aventuras galantes resultaba desconsolador para tal espíritu de artista.

Tornaba al hogar: allí las recriminaciones, los achaques de la maternidad, las inexperiencias caseras de la joven señora, los deseos y las desconfianzas de la hembra en celo, los ensueños truncos de la embrionaria actriz malograda bajo la decapitación de los convencionalismos y prejuicios sociales. Hostilidad y acritud. El hogar resultaba insoportable; la servidumbre, la cuota diaria, los utensilios de tocador, la ropa de vestir de cama y de mesa, el médico y la botica[174], los negocios embrollados y la desigualdad de caracteres formaban un suplicio donde se debatía temerario aquel aristócrata de la bohemia elegante.

---

171   Arrullo: habla dulce y halagueña.
172   Figulinas: literalmente: estatuita de barro o cerámica, se refiere a las jóvenes aspirantes a actrices.
173   Reclamo: ave utilizada en la caza para que con su canto atraiga a otras, facilitando su captura; aquí se refiere a las conversaciones «galantes», usado para «capturar» a las jóvenes
174   Botica: farmacia o sitio donde se despachan los medicamentos.

Pasaron dos años. El niño le decía papá, era tierno, alegre y revoltoso. Se hizo querer el chiquillo. Mas la niña madre, transformada en mujer instruida por amigas y libros, esquivaba[175] la segunda maternidad valiéndose de toda clase de precauciones, desde las medicinales hasta las amorales. La elasticidad de sus senos, los trajes y las diversiones, eran espejismos que la deslumbraban llevándola hacia la luz artificial de los goces efímeros, donde caería como niptálope [176] de oro, con las alas rotas.

El esposo, conocedor absoluto de todos los atractivos e imperfecciones de su desnudez, ya no tenía encanto para ella. La intimidad va desnudando a las almas lo mismo que a los cuerpos y aquellas también adolecen de imperfecciones y fealdades. La esposa conocía los defectos morales del marido; le vio falto de heroicidad varonil, superficial y mundano, desprendido e individualista. Cerciorado de que ella le pertenecía no ponderaba sus encantos de coqueta, dando lugar a que la vanidad y la juventud, requirieran una nueva pasión. La nostalgia de los primeros meses de matrimonio fue sembrando en ella el deseo de volver a sentirse enamorada.

La frívola mujercita tuvo un amante platónico: cartas, flores, reciprocidad espiritual. El psicólogo marido adivinó la tragedia interior aún inmaterializada. Comprendía que aquella muñeca de alcoba, cuidadosa de sus afeites[177] e indumentaria, no le producía la dolorosa indignación del adulterio. Era vacía de cabeza. No encerraba más resortes que los de los placeres carnales. Aquella niña hecha mujer al contacto de sus manos, obra suya para los deleites carnales, no poseía el enigma seductor de la eterna incomprensi-

---

175   Esquivar: evitar.
176   Niptálope: (así aparece en la edición de 1922) *nictálope*, se dice de un animal que ve mejor de noche que de día.
177   Afeite: maquillaje, cosméticos.

ble que siempre había buscado su refinada hombría. Separáronse legalmente. Ella corrió a vivir una adúltera novelita, cruel y efímera. El se hizo con este nuevo rasgo de caballero siglo veinte, un último cachet[178] interesante a los impresionistas del reclamo. Resumen del capítulo matrimonial: Ocho años. La fortuna rota. La salud quebrantada. Enamorado de la vida más que nunca, comenzaba a sentir ese desencanto neurótico hacia los placeres del amor, que preconiza la decadencia viril. Y aquel recuerdo inolvidable de la divina Cecilia reaparecía tenazmente cuando su apetito de belleza y ternura le recordaban que era un hombre.

Deseaba vivir la otra mitad de su vida, hermosamente, sin vulgaridad ni acontecimientos trascendentales.

Vivir la vida bonita, limpia y sana.

Cecilia trabajaba para el cinematógrafo, y la pantalla le iba mostrando al periodista la diferencia de una época a otra. Bella e indescifrable tenía en dos largas trenzas rubias aquella rizada melenilla[179] de antaño, el rostro de figurín francés transformábase genial según las creaciones, más depurado su arte y mas inaccesible a la conquista. Una tarde al ir a Campoamor[180] a la tanda vespertina, vio anunciado en grandes pasquines[181] el próximo debut de Cecilia, para la entrante temporada invernal. Sus ojos nubláronse, tembló como un imberbe[182] y durante unos minutos la calle y los transeuntes danzaron a su derredor. Dos meses estuvo Oscar sin leer de los periódicos más que las crónicas teatrales. Adelgazó, se hizo más activo, más jovial, más emprendedor. Sus trabajos literarios recuperaron la perdida elegancia de estilo y novedad. Y la noche del debut llegó.

---

178   Cachet: (fr.) nota distintiva de prestigio; aqui refiere a las posibilidades abiertas por la nueva situacion del «divorciado» en el siglo XX.

179   Melenilla: melena, pelo.

180   El teatro Campoamor, entre la Habana Vieja y Centro Habana, fue construido a principios del siglo XX; se quemó en 1918 y fue reconstruido, pero está hoy en ruinas.

181   Pasquín: letrero de anuncio.

182   Imberbe: muchacho joven (que no tiene barba todavía).

Estrenóse un frac[183] elegantísimo, perfumó sus guantes con el antiguo perfume de la Cecilia de París y Londres; la botonadura de su camisa era de menudas perlas negras rodeadas con microscópicos diamantes. Y cuando la célebre danzarina apareció ante la sala del Teatro Nacional, ocupada por la más distinguida sociedad habanera, la salva de los aplausos y las flores aturdió[184] los oídos del aristócrata cronista. Cecilia ejecutaba la misma danza que le viera por primera vez interpretar allá en Londres; frágil el cuerpo marfileño, envuelto en gasas transparentes, moteadas[185] de menudas plumas como copos de nieve, y la cabeza cubierta por un gorro de albísimo plumón. La escena era una gruta salpicada de flores marinas. Las lianas y los musgos pendían del techo. Ella bailaba entre nenúfares y madréporas, mientras los tritones sonaban sus crótalos[186] y las nereidas[187] la llenaban de espumas hechas con azulados tules.

Y aquella mariposa de lago, cisne mitológico, aparición del poeta, moría rehusando el canto de las nereidas y amor de los tritones, por un rayo de luna que la hería de lejos, muy débil y pálida[188].

En el palco del Unión Club, Oscar entre los caballeros burócratas, emocionado sonreía. Terminada la primera parte de los bailables, al palco escénico empezaron a llegar *corbeilles* de rosas, de nardos, de orquídeas, de crisantemos. Cecilia sonriendo daba las gracias. De improviso en el grillé[188] de la izquierda aparecieron varios señores. La artista miró, y entre el grupo la figura de Oscar saludándola, hizo que la

---

183   Frac: vestidura formal de hombre, que tiene dos faldones largos en la parte de atrás de la chaqueta.
184   Aturdir: confundir.
185   Motear: pintar de manchas pequeñas y redondas.
186   Crótalo: instrumento musical de percusión semejante a las castañuelas.
187   Nereida: ninfa que vive en el mar, hermosa joven de medio cuerpo arriba y pez abajo.
188   Se refiere evidentemente al ballet «Lago de los cisnes", del compositor ruso Piotr Ilich Tchaikovsky (1840-1893).
189   Grillé: verja de metal.

fisonomía de ella cambiase de color y expresión. De una preciosa canastilla confeccionada con guirnaldas de laureles y margaritas anudadas a las espigas de espárrago plumosis, dos tórtolas blancas volaron alrededor de la cabeza de la artista. Cecilia acercóse al delicado presente, llamando a las tórtolas, mientras saludaba al público que frenético de entusiasmo aplaudía sin cesar; y ella, observando el hilo de plata de donde pendía una tarjeta, leyó el nombre de Fuenterrabía, palideciendo nuevamente su rostro. Una hora más tarde, en el camerino, le decía el escritor:

—Cecilia, al fin la vuelvo a encontrar.

—Señor Fuenterrabía, si Vd recuerda el pasado, yo tengo el privilegio de olvidarlo,–respondió ella, estremecida por el timbre de aquella voz que tanto había amado. Y desde aquel momento *flirt* hizo presa de ambos, hasta que la pasión una vez más desbordada, los volvió a unir para siempre.

Sumergido en la confusa batahola de las remembranzas, vanse amontonando sin orden ni concierto en su ya cansada imaginación. Esfúmanse las escenas y los párpados fatigados descienden al soplo de Morfeo, cuando las luces del alba empiezan a colorear los cristales de la alcoba.

Capítulo IV

Cecilia está nerviosa. Ha recibido tres cables y una carta de su representante. Comienza el trabajo nuevamente; su maestro de música llega a las tres de la tarde. Para encontrarse ligera, ensaya los ritmos de los bailables frente al espejo de tres lunas. Ya su alma no siente aquellos latigazos de inspiración que tanto la sugestionaban cuando era adolescente. Su arte es ahora más depurado y mecánico. Los pasajes pasionales, al interpretarlos la estremecen con una nostalgia embriagadora que flagela sus nervios. Cuando ella era púber, una romántica tristeza de lírica apasionada caracterizaba sus geniales creaciones.

—¡Cómo envejece el espíritu al igual que la materia!—reflexiona mentalmente— Y ¿qué será el espíritu? Su existencia resulta como el aire, incorpóreo e intangible. ¿Será el espíritu en el cuerpo lo que el aire en la tierra? Por tan inescrutables espacios de arcanas divagaciones, Cecilia sumerge sus razonamientos preguntándose: —¿Será el alma en los hombres lo que el perfume en las plantas? Si al menos lograran los científicos aprisionar en una redoma[190] el espíritu de la vida como el néctar de las flores, ¡cuántas dudas caerían desgarradas ante los ojos de la humanidad que atónita, lamentando la ceguera de sus antepasados bende-

---

190   Redoma: vasija de vidrio, ancho en el fondo y estrechándose hacia la boca, muy usada en los laboratorios.

ciría el avance de la ciencia que levanta al hombre hasta Dios! Es decir hasta ese Todopoderoso a quien la mente humana no puede vislumbrar[191]. Cecilia queda abstraída en las deducciones de la sutil penetración que lucha por descorrer los cendales[192] del misterio, donde van quedando siempre vencidas todas las investigaciones.

El maestro de música vino. Estuvo animada en el ensayo. Después fuése de compras a los bulevares de la Habana arcaica, y así que hubo terminado su recorrido por los almacenes de confecciones, déjase peinar para concurrir a un banquete de cantantes y escritores que tendrá efecto en el restaurante El Cosmopolita.

A las doce de la noche regresa al hogar indispuesta por la excitación de nervios que le produjera el champagne. Oscar se ha quedado jugando en el Unión Club. Cecilia siente una indescifrable melancolía que desdobla los pétalos de su pasado. Toma vanos volúmenes interesantes y lee de cada cual dos líneas. Nada la entretiene, todo la hastía. Se contempla en el espejo, las arrugas del frontal y los ángulos de la boca lucen más pronunciadas, pasea por sus mejillas sus manos pálidas, pulidas y aristocráticas, afilados los dedos a fuerza de dedalillos, compuestas las uñas por la *manicure*, perfumada la piel sedeña y tersa gracias al masaje, al *cold-cream* y los guantes; manos que si mucho encantan a sus admiradores, más encanto le producen a ella contemplarlas vibrátiles y seductoras gracias a los afeites químicos y a las posiciones cuidadosamente estudiadas. Sonríe desdeñosa, su dentadura muestra al final la ringlera de muelas, consérvese también debido a los toques de yodo en las encías y la visita quincenal a casa del dentista. Desata el abundoso ca-

---

191 Vislumbrar: comprender, ver apenas o a comienzos.
192 Cendal: velo, tela que cubre algo.

bello dorado y le observa tendido hasta las rodillas; las brillantes guedejas[193] lucen el color primoroso, efecto de la magnífica tintura que según colora hace fructificar el cuero cabelludo. La porcelana del rostro conservada por los masajes, enjuagues[194] calientes y fríos, cremas y vegetariana alimentación. Las pestañas recortadas en menguante[195] y robustecidas con aceite ricino: ¡qué convencional y ridículo el cuidado de la belleza! Y ¡qué inútil a pesar de los múltiples e inauditos esfuerzos desbaratadores del capital y la quietud interior! La obra de la juventud se deshace pese a los esfuerzos de la máscara con que la cubre el afeite y los cuidados. ¡Envejecer! ¡Qué dolorosa realidad! Darnos cuenta de que la piel de nácar o alabastro, de marfil o terciopelo, se transforma en papel estraza; que los brillantes ojos, fuentes de seducción, se mustian opacos y cansados como dos linternas faltas de combustible; que el estuche de las caricias y los besos, los arrullos y los trinos, será una cueva obscura; que la cabellera lentamente, como las hojas de los árboles, descenderá hebra a hebra hasta dejar el cráneo o copa, como la de ellos durante la invernada, con la dolorosa diferencia de que la cabeza no vuelve a retoñar[196] en primavera, que el tronco lo carcomen[197] los achaques y el reuma y que se dobla, se dobla impotente hacia la primera cuna y el último lecho: ¡la eterna madre Tierra!

Cecilia se siente abrumadísima[198]. Su idiosincrasia femenina la acusa de superficial; siquiera las otras mujeres, árboles más o menos bellos, cuestión de abono, jardinero y clima, cuando desaparecen, dejan la savia especificadora diseminada en muchos arbolitos y así continúan reviviendo a través de las épocas. Pero ella, un árbol espléndido, flore-

---

193 Guedejas: bucles del pelo, generalmente largo.
194 Enjuague: de enjuagar: lavar ligeramente.
195 En menguante: se refiere al mito de que si se recortan durante la luna menguante crecerán más robustas.
196 Retoñar: volver a crecer, como vuelve una planta después del invierno.
197 Carcomer: consumir poco a poco la salud.
198 Abrumadísima: muy oprimida, agobiada por alguna molestia.

cido de perfumantes capullos, desaparecerá sin dejar muestra, y su recuerdo que los siglos han de transformar en leyenda—tal vez en mito—, contará que hubo en la pradera del arte un árbol maravilloso del cual no quedó simiente ni retoño. Y las generaciones futuras discutirán el realismo de aquel dato lejano. Sonámbula de aquel soliloquio, penetra en un pequeño cuarto lleno de baúles; poseída por la pesadumbre[199] de una desolación mental, comienza a registrarlos embriagándose con la contemplación de objetos olvidados que resucitan su vida pasada. Abriendo un cofre donde guarda retratos y cartas, experimenta la suave atracción del recuerdo, y leyendo las unas y mirando a los que fueron, reconstruye las épocas inolvidables tirada sobre los cojines de una estera nipona, mientras fuma cigarrillo tras cigarrillo.

Murió su madre, la tía Florinda bella y graciosa, sentíase satisfecha y encantada con exhibirse desde un tablado lleno de luces y papeles que representaban bosques, jardines y grutas ante un público devoto de aquel arte mímico que su flexibilidad latina interpretaba, mientras en las retrógadas aldeas, tostábanse al sol, deformadas por la maternidad consecutiva y la labor del terruño, las otras compañeras de la infancia. La tía se la llevó a Madrid; vivían un pisito[200] coquetón y alegre adonde iban a visitarla muchos caballeros de la corte. A ella le agradaba el carácter de la tía. Los modales francos, las caricias desenvueltas, el atolondramiento habitual. Era supersticiosa y vehemente, tierna y rencorosa. Aquel fué el marco donde se desarrollaron al par que su persona, las aficiones innatas. Las horas más felices fueron aquellas que pasaba en el teatro, viendo ensayar a toda orquesta a la bailarina, que ejecutaba las expresivas figuras al

---

199 Pesadumbre: gran pena, molestia.
200 Pisito: apartamiento que ocupa todo un piso de un pequeño edificio.

ritmo de los compases. Al principio por timidez de niña vergonzosa, ocultó su vocación, mas una tarde Florinda hubo de sorprenderla frente a un espejo haciendo cantar las castañuelas mientras giraba entonando un bailable. Días después ingresó en el Conservatorio, donde a los pocos meses la distinguieron entre las demás alumnas. Los maestros auguraron[201] una estrella. El candor y la gracia de su fina belleza, comenzó a producir efecto en los admiradores de la tía, quienes esperaban el cambio de ésta por la delicada jovencita. Florinda quiso a la sobrina con pasión maternal; procuró tenerla todo lo más lejos posible de las miles de intrigas y acechanzas[202] que destruyen la reputación de las mujeres, cuando se desarrollan en el escaparate de los teatros. La tía conocía por experiencia las oportunidades que la humanidad le brinda al hombre, para conseguir con astucias y engaños el candor: de sus presas apetecidas. Florinda quiso que Cecilia fuese una aristócrata del arte; una danzarina de abolengo[203] teatral. La educó exquisitamente y puso en el espíritu de la niña celebrada, una desconfianza hacia todos los hombres, mostrándoselos como destructores de la belleza física y moral. Y al abrigo de[204] tales razonamientos, floreció en la cabecita rubia una soberbia egolatría. La difícil adquisición de aquella futura princesa de Therpsícore[205], hacía que a los pies de la virgen se ofrecieran las más deseables ofertas de los más afortunados caballeros de la villa y corte. Después de la noche del debut, estruendoso[206] y consagrador (inadvertido casi por Cecilia, quien envuelta en su fanática superioridad no agradeció la justicia del público, espontáneo y vehemente), vistióse los trajes muy cerca del tobillo y el rizoso cabello fué levantado sobre

---

201 Augurar: pronosticar.
202 Acechanza: observación, vigilancia a escondidas.
203 Abolengo: linaje.
204 Al abrigo de: con la ayuda o el apoyo de.
205 Therpsícora: musa griega de la música y el baile.
206 Estruendo: de mucho ruido.

la nuca marfileña. Una tarde, a la salida del baño, sonrosada y olorosa, suelta la cabellera sobre sus hombros y espaldas, y límpido el mirar de los rasgadísimos ojos, asomóse al balconcito que lindaba con una terraza vecina y la tarde llena de luz y azul densidad fuésele penetrando por todos los poros de su emotiva persona llena de juventud y lozanía. El oro de la tarde envolvía los edificios y las calles estrechas y tortuosas; rejuvenecíanse los objetos bajo la caricia del sol. En esos brillantes minutos precursores del atardecer las calles se poblaban de carromatos, obreros y oficinistas, carruajes de lujo, modistillas, burgueses, manejadoras y estudiantes. Y Cecilia, sintiendo que las encontradas características de toda esta decoración humana, producían distintas emociones en el clave de su sensibilidad absorbente, volvió el rostro hacia la puesta del Sol que parecía un Olimpo de topacios por donde las diosas y los dioses en cuadrigas[207] de nubes desfilaban ante columnatas, capiteles y frisos; luego, abandonando su abstracción de artista aquel poniente simbólico, hubo de observar que la terraza situada debajo del balcón tenía bonitos tiestos de geranios florecidos y un emparrado verde, bajo el cual cantaba en una linda jaulita un canario saltarín. La puerta de la habitación situada sobre la terraza, dejó paso a un joven alto, encorvado, bien vestido y displicente. Cecilia y el joven se contemplaron investigadores. Ella volvió el rostro a la calle, y el vecino sacando una mecedora de la habitación inmediata, abrió un libro y se abstrajo en su lectura. Cecilia inquirió con escrutadoras miradas lo que aquel joven leía. Eran versos. Al fin los ojos de ambos encontráronse; se sonrieron y acortada Cecilia le dió las buenas tardes abandonando el balcón.

---

207 Cuadriga: carro tirado por cuatro caballos, especialmente usado en la antigüedad para celebrar victorias.

Entró en la salita y avanzando hacia el espejo, invadida por una extraña emoción, mezcla de alegría y pesadumbre, púsose a danzar un bailable, hasta que extenuada se echó sobre el ancho diván de cuero, y mientras la noche llenaba de sombra la habitación a obscuras, ella fué sintiendo la preconizadora[208] atracción sexual hacia un ser impreciso que estremecía voluptuosamente, a flor de piel[209], todas las fibras de su feminidad. Una dulce angustia anudaba su garganta y el cuerpecito voluptuoso palpitó. ¡Quería vivir! ¡Era muy hermosa la vida! ¡Qué bello aquel pedazo de firmamento constelado de azucenas de plata! ¡Qué lindo en la penumbra de la salita, su cuerpo virgen lleno de temblores incomprendidos, su piel sedeña y perfumada, su cabellera que olía a heno, su boquita humedecida y roja como una guinda[210] madura! Y ante las pupilas dilatadas por la aparición del deseo, la imagen del joven grabábase con una sugestión definitiva. Sus ojos expresivos de seguro que lograron impresionarle –se decía sonriendo.—Mis ojos han sido admirados por ese vecino interesante que lee a los poetas bajo la parra[211] de racimos verdes. Y ese joven extraño, ¿iba tal vez a amarla? ¡Oh, sí! Ese desconocido iba a ser en su existencia una pasión primaveral. Ella quería enamorarse. ¿Cómo era el Amor? ¿Aquel extraño repiqueteo a diana[212] que dentro de su persona desataba los cascabeles[213] de la emotividad? El amor en su espíritu fructificaría delicado, sentimental y grande.—Sí –continuaba diciéndose– voy a ser adorada y haré la ofrenda de mi cuerpo ante el altar de una pasión sublime. ¿Seré la quimera más hermosa de ese joven extraño? Nunca nadie lo sabría. Aquel secreto iba a que-

---

208   Preconizar: recomendar, elogiar por bueno.
209   A flor de piel: sensible inmediatamente o directamente.
210   Guinda: fruto del guindo (prunus cerasus), parecido a la cereza, de tono rojo más subido pero sabor ácido.
211   Parra: viña sostenida por un armazón y desarrollada en alto.
212   Repiquetear a diana: dar golpes como para comenzar una acción o una pieza de música.
213   Cascabeles: campanillas.

darse entre los dos. ¡Sublime! Todos aquellos adinerados pretendientes, orgullosos y ridículos, todos los que se deshacían en atenciones con Florinda y elogios y obsequios para con ella, iban a quedar burlados[214], y entonces llegaría a sentirse muy superior al medio ambiente que la rodeaba. Ella viviría su vida. ¿Quién llegaría a escalar la cumbre de su alma? Nadie. Pondría misteriosa, sobre el plinto de los desprecio, al ídolo de su amor. ¡Qué ojos tan expresivos los del joven aquel; qué mirada tan acariciadora y hostil! ¿Cómo se llamaba, de qué vivía, quién era? ¡Misterio! Su juventud comenzaba el capítulo de una novela complicadísima.—¡Oh, qué felicidad! –seguía diciéndose. Vivir una misteriosa leyenda de amor...

La tía llega de la calle y busca en la alcoba y el comedor a la sobrina. Cecilia despierta de improviso del aletargado soliloquio, corre al encuentro de la tía y ofrece a los labios maternales la frente ya empañada por el ensueño de la juventud que pide amor. Florinda nota la piel de Cecilia calenturienta, y contemplando las pronunciadas ojeras la estrecha maternal mientras murmura cariñosa—¡Pobrecita mi niña que se está haciendo mujer!

---

214 Burlado: engañado.

Capítulo V

¡Cómo fué hilvanando el Destino la madeja[215] de su vida! ¿Era una predestinada? Aquellas primeras frases de amor que oyera junto al muro divisorio de la azotea vecina. Aquellas noches de triunfos desapercibidos por la niña célebre que sólo deseaba triunfar en el alma iconoclasta de aquel poeta descreído, sentimentalista y fiero. Cuando bailaba frente al público, sus ojos únicamente miraban los ojos del amado. Y así su arte adquirió un poder sugestivo. Fue el amor creciendo tanto, que tan pronto Florinda salía de casa, ella burlando a la sirvienta le permitía subir hasta el gabinete de estudio, decorado exprofeso para la linda mimada del público madrileño. Y allí el poeta supercivilizado le leía versos y la besaba con la embriaguez de la pasión más intensa. Al principio del conocimiento, nacido aquella tarde inolvidada, charlaron de literatura. El romance comenzó discutiendo al Dante[216], a Zola[217] y a las modernas literatas francesas como Marcela Tyner, Meirian Harry y Colette de Willy[218]. Ella supo que

---

215 Madeja: hilo recogido en vueltas iguales sobre un torno o aspadera para que luego se pueda devanar fácilmente.

216 Dante: D. Alighieri, escritor italiano del medioevo (1265-1321).

217 Zola: Emile (1840-1902) renombrado escritor francés del naturalismo.

218 Marcela Tyner (= Marcelle Marguerite SuzanneTinayre, 1870-1948), autora prolífica francesa que promovió el concepto de carreras profesionales y públicas para las mujeres; para 1922 había publicado 17 novelas; Meirian Harry (= Myriam Harry, seudónimo de Maria Shapira, viuda de Perrault, 1869-1952 o 1958), escritora nacida en Jerusalén y autora de libros de viaje y novelas de situación exótica y voluptuosa, ganadora en 1904 del primer premio *Fémina* en Francia; Colette de Willy (1873-1954) generalmente conocida como 'Colette': escritora francesa, de vida considerada bohemia, y de novelas controversiales; Willy era el apodo de su primer esposo, Henri Gauthier-Villars.

él era poeta porque mirando las páginas del *Mundo Gráfico*
encontró una de versos firmados por Jorge San Martín, que
tal era el nombre de su vecino. Y satisfecha con la lectura de
la exquisita composición, desde aquel momento hubo de
admirarle más. El poseía el aspecto característico del moderno Mefistófeles[219]: alto, delgado, la tez muy pálida, sombríos los ojos, grande la boca, reposados los modales y pre-
cisas las palabras. Era un día de julio, la lluvia, en arroyos,
corría por las calles, estaban solos; Florinda en el teatro, la
sirvienta había salido a visitar su familia y la cocinera no lle-
gaba hasta por la tarde. La noche anterior ellos habíanse disgustado, y la riña[220] exigía una dulce reconciliación que
efectuábase ternísima bajo el encanto del llover. ¡Oh, su primer beso! El acercóse a ella y tomando sus manitas heladas,
con los ojos fijos en sus pupilas y la voz temblorosa, musi-
tó[221] muy quedo:—¿Quieres?—Ella sintió un vértigo[222]
mental, una suave indefinida laxitud, la vista nublábase y el
corazón infantil temblorosamente ascendía hasta la boca;
desmadejáronse[223] sus extremidades, y él entre los brazos
tomó aquella muñeca sensitiva, imprimiendo sobre los labios virginales las caricias de su boca corroída por el vicio.

Fué un beso largo, intenso indescriptible... Un beso que
enlazaba dos almas. La tierra se hundía al choque de aquel
placer. Ellos estaban levantados en las alturas. ¡Maravillosa
sensación! Su primer beso era la más pura y bella reliquia
de su vida.

Tras la comunión de las almas y las bocas vinieron las
horas de pasión. Los celos, las angustias, los deseos, ¡todo el
enjambre de avispas que picotean el espíritu cuando florecen las pasiones! ¡Y las flores del sentimiento y la emotivi-

---

219   Mefistófeles: el diablo.
220   Riña: disputa.
221   Musitar: susurrar.
222   Vértigo: mareo, desmayo.
223   Desmadejar: debilitar, causar flojedad en el cuerpo.

dad fueron quedando mustias! ¡Aquel su amor primero, qué triste y roto! Ella, la sublime adolescente sentía el zarpazo del deseo y el placer pasaba desapercibido ante la carne joven fuera de sazón. Huyeron. Su tía, desesperada, loca de vergüenza, herida en sus cuidados maternales, les buscó y les hizo casar. Entonces Cecilia renunció [224] al teatro. Fuése a vivir una casita en los alrededores de la villa de los toreros y las panderetas, los reyes y las coupletistas [225]. Cuidaba un jardincito, tenía tórtolas en un palomar pintado de blanco y lleno de enredaderas florecidas. Más tarde comenzó a llorar el aislamiento y la soledad que le imponía el marido bohemio, inconsiderado y satisfecho en su vanidad hombruna; quería hacer de la mujercita romántica la esposa y la querida, sin que los placeres carnales pudieran destruir la blancura impoluta del alma enamorada. Un desatino [226] absurdo flagelaba los hechos de su galimatías pasional [227]. Tuvieron un hijo. La inexperiencia chiquilleril y el egoísmo, que despertaba con su voluntariosa superioridad, se unían a las revelaciones matrimoniales. Y la unión del vicio y la pureza llenó de amargura el amanecer de su vida.

Lloraba a diario el error de su juventud mientras renacía aquel deshojado y no marchito amor al Arte. Y la vida fué mostrándosele muy amarga.

Luego pudo comprobar las infidelidades cometidas con mujeres de la más baja clase; otras veces fueron sus joyas a cubrir las deudas de juego y las escaseces del hogar en la miseria; vino después el hallazgo de drogas prohibidas, ocultas en los estantes del gabinete particular, y para colmar la copa de sus amarguras, el afecto exagerado que su esposo

---

224 Renunciar: desistir, dejar, abandonar.
225 Coupletista: cantante de *cuplés* o canciones cortas y ligeras.
226 Desatino: error, equivocación.
227 Galimatías: lenguaje oscuro, por incorrecto o confuso.

sentía por aquel secretario presumido, quien acrecentó la discordia conyugal anticipando la catástrofe separadora. Su espíritu delicadísimo y frágil como un búcaro de Sevres, quedó roto a los golpes de tan horrible realidad. Y huyó del supercivilizado y fué perseguida por Satán. Todo un calvario de zozobras e inquietudes. Murió el niño. La flor de su inocencia era tan endeble que no podía resistir la vida: sólo había nacido para matizar los primeros años de su aprendizaje por este mundo en que florecen las aberraciones cual emponzoñados capullos de locura. Tres años contaba el angelito de sus penas, aquel amanecer de mayo en que su endeble cuerpecito se fué de la vida. Cecilia tornó al arte. Se hizo mundana[228].

Y desde entonces el alma estuvo hambrienta de un anhelo indefinido, la carne insaciada con los placeres, y el cerebro fue una fragua[229] de averiguaciones incontestables.

Tal aluvión[230] de recuerdos pone sus nervios en tensión. Dos cajas de cirgarrillos turcos ruedan vacías, el cenicero está rebosante de colillas, ha fumado tanto que una suave embriaguez la envuelve entre las gasas del humo. Ella saca del cofre los retratos más queridos: el hijito, el esposo, la tía, la madre virtuosa; y besándolos a todos experimenta distintas afecciones; ¡ya están muertos! En esa noche de amarilla luna llena, ellos reposan bajo el mármol de las tumbas, y ella, sobreviviéndolos, lleva el fardo de las remembranzas inolvidables.

Concentrada en sí misma, casi tambaleándose[231], llega hasta el pasillo dirigiéndose a la alcoba. El reloj de la biblioteca canta las tres. De pronto tropieza con Oscar que desemboca excitado por las bebidas que ha ingerido; viene deseo-

---

228 Mundana: mujer que atiende demasiado a las cosas del mundo, a sus pompas y placeres.
229 Fragua: horno utilizado en metalurgia.
230 Aluvión: inundación, avalancha.
231 Tambalear: moverse de un lado a otro, como si fuera a caerse.

so de Cecilia, la estrecha frenético invitándola al placer. Ella se dirige hacia el comedor, sonríe amargamente y saca de la nevera una bandeja con licores, y después de apurar varias copitas de menta le dice al amante con voluptuosidad enfermiza:

—Puedes tomarme, disfrutaré tus gustos. Mi pasado, mi presente y mi futuro eres tú. Las mujeres nacimos para un solo hombre. Yo soy toda tuya, pura como el armiño, dulce como la miel, tierna como la tórtola, suave como la brisa. ¡Tómame adorado mío, te pertenezco toda!

Y el amante quedó atónito ante aquella peroración poética, y a pesar de la embriaguez que tenía, observó el romanticismo de aquella mujer otoñal cuya infantilización le producía el efecto de una ducha helada sobre la médula estremecida. Ella comprende el desencanto que Oscar ha sufrido y experimenta la misma sensación de ridículo y soledad, y conociendo el choque de los distintos estados interiores, corre hacia la alcoba sepultando en las almohadas el rostro bañado por el llanto. Oscar procura reanimarla, compadecido intenta excitar los resortes de la sensibilidad; es inútil, Cecilia parece una estatua de hielo, y decepcionado y egoísta apaga la luz con un:

—Duerme y descansa, te hará bien.

Capítulo VI

Llevan dos meses juntos. El primer choque ha sucedido. Cecilia despierta ya muy avanzado el día. Siente un indescifrable presentimiento, ¡quiere tanto a Oscar! La nueva contrata comenzará dentro de poco. Ella encontrándose extenuada, desea la paz absoluta de un amor que se aleje de todo lo vivido. Los periódicos, divulgando la opinión general, la consideran divina mientras aseguran que su carrera ha llegado al cenit de los éxitos teatrales. Surgen nuevas estrellas dispuestas a disputarle el cetro de la gloria. Y como nada es eterno, la Fama correrá en pos de la juventud que sigue las huellas de su arte creador. Retirarse a tiempo mimada por la celebridad que le sonríe, ocultando a los ojos de sus admiradores el derrumbe de la juventud. Y la señora Gloria, a quien halagan estos sacrificios, correspondería a ellos mostrándose imperecedera[232]. Así que Cecilia concluye de tomar el desayuno, leída la correspondencia y los periódicos, le dice a Oscar, utilizando todos los recursos de su originalísima coquetería:

—¡Mi señor y dueño, monitín[233] de mi alma, si supieras las cosas que tramo en estos días felices!

—¿Escorpiones o mandrágoras? —Oscar le replica burlón, fijándose en el brillo de aquellos ojos extraños y en la mueca de los labios perversos.

232　Imperecedera: eterna, que no perece.
233　Monitín: palabra de cariño, como «muñeco».

—No, tonto de capirote, a ti no se te ocurrirían ideas tan maravillosas como estas que yo estoy hilando.

—Deja ver, enséñame a bordar en el vacío con las agujas de los pensamientos y sobre la tela del aire.

—Pues mira. Hago construir una casita con enredaderas y entre jardines rústicos, arroyuelos y flamencos, un galgo y un pavorreal.

—¡Muy bonito! ¿Y qué más?

—Pues a esta casita, situada muy lejos de la Habana, nos iremos nosotros a vivir tranquilos nuestra imperturbable sinfonía de ternuras. Esa casita la fabricaremos en un pueblecito simpático que tenga carácter local y sabor histórico. Yo seré una señora burguesa que zurce los calcetines, confecciona dulces, cuida la huerta y reparte limosna a los pobres. Tú serás un magnánimo señor de la literatura que escribe bonitos libros, sustanciosas crónicas y además caza, juega al poker y quiere a su compañera.

—Estás perdiendo el juicio. No me queda la menor duda.

—No, señor majaderísimo, estoy robusteciendo mi criterio. Harta de viajes, de hoteles, de reclamos, de quebraderos de cabeza, deseo la vida sana y sencilla. Necesito reposo. Me seduce la idea de vivir algo nuevo que no me reste [234] salud. La vida mundana me hastía. Ya sabes que me han recomendado aire libre sol campo, frutas, viandas y reposo. Llevo en mi ser los gérmenes de la enfermedad que arrebató a mis padres. La lucha por la Gloria me ha restado salud. Las pasiones de mi temperamento vehementísimo han desgastado las energías del espíritu. Guardaré mis joyas en un banco. Fabricaré la casita y viviremos felices.

---

234 Restar: quitar.

Durante las noches de lluvia, yo al piano y tú al violín, interpretaremos la música de los clásicos, leeremos a nuestros autores preferidos, y disfrutando la dulce paz hogareña esperaremos la llegada de la vejez, dichosos y satisfechos. ¿Qué tal, no te parece todo muy sencillo y realizable?

—Me parece que ese bíblico capítulo resulta muy lindo contado, pero ya en vías de realidad o tan pronto comencemos a vivirlo perderá todo su encanto.

—¿Por qué?

—Pues porque nosotros estamos incapacitados para vivir una vida sencilla, desprovista de fuertes emociones. Cuando el paladar [235] se hace a los excitantes, encuentra las legumbres cocidas y el pescado salcochado, tal como lo saborean los campesinos y pescadores, insípido e insustancial.

—¡Oh, no, señor mío! Nosotros no vamos a vivir una vida de leñadores o anacoretas ¡no! Vamos a vivir el encanto de la verdadera vida. Tú tendrás alazanes y galgos [236], un automóvil y la tertulia de los amigos gratos. Yo tendré lindos trajes y un coche con lacayo de color negro, vestido a la usanza de nuestros antepasados; en él iré a visitar los hogares de los pobres, para repartirles consuelo. Viviremos provistos de los adelantos de la civilización: la luz eléctrica, la cocina de gas, el baño templado, el automóvil y el teléfono al par que sujetos a los moldes morales de nuestros abuelos. Lejos de la capital iremos a ella para traer lo útil y lo bueno abandonando lo malsano.

—Sí maravilloso; todo lo que dices parece un capítulo novelesco a lo mil setecientos ochenta, y por lo atrasado de la fecha hoy día irrealizable.

—Eres cruel.

---

235 Paladar: sabor, gusto.
236 Alazanes y galgos: por «caballos y perros de caza».

—Y tú antojadiza[237] y absurda. Mas, no te incomodes muñeca mía, si ése es tu mayor deseo, lo realizarás, y la cura de tal desatino será instantánea. Para deshacer tus demencias lo mejor es no contradecirte.

—Gracias, mi caballero. Es usted una persona muy amable.

—¿Ya escogiste la canastilla de anacronismos donde como dos tórtolas vamos a vivir nuestro romance? ¿Ya tienes apuntado en el mapa de Cuba la población legendarísima donde vas a fabricar el nido?

—No te burles, malcriado. Desde mañana visitaremos las poblaciones importantes de la provincia hasta que encontremos el sitio adecuado a mis proyectos. Demonio mío, ¿por qué no piensas que será muy delicioso lo que vamos a vivir?

—¡Delicioso, sublime, despampanante![238] Muñeca mía, a tu lado todo resulta encantador, hoy estás lindísima con ese pijama celeste[239] y esa gorrita de encajes. Tus ojos y tu boca forman el hechizo de mis deseos. ¡Bésame, caperucita azul!

Por toda respuesta Cecilia salta desde la mecedora de mimbre hasta la butaca de Oscar y le besa las pestañas, la nariz y la barba. Después toma unos bombones de la mesa que luce el servicio de té y saltando los escalones de la terraza donde desayunaron, tira dulces desde los conteros del jardín hasta la boca de Oscar.

---

237 Antojadiza: caprichosa, que tiene antojos (deseos pasajeros) con frecuencia.
238 Despampanante: extraordinario.
239 Celeste: color azul claro.

Capítulo VII

El tranvía devora kilómetros, atravesando sabanas que visten todos los variantes del verde tropical. Junto a la ventanilla, nuestra pareja contempla el desfile de pueblos y campos. Alguno que otro bohío[240] préstanle sabor criollo al panorama y los arrapiezos, descalzos y llenos de tierra, desarmonizan el conjunto de hiriente colorido verde y rojo. A la izquierda de los rieles las vegas de tabaco visten mosquiteros de telas blancas que impiden la invasión de insectos dañinos a la narcotizante plantación. Más lejos, de un lado y otro, las huertas de mangos, bosquecillos de palmeras, algún río que ondula entre las cañas bravas del declive, ceibas[241] añosas y laureles coposísimos donde trinan los sinsontes. El paisaje no cambia, siempre las mismas características: cielo azul, sol de fuego, muy roja y verde la tierra llana que se mira en el mar, cerrado por las lomas. Anémicas vaquitas paciendo el espartillo, paraderos de cemento gris con raquíticos jardines de malpacíficos y aguinaldos. Se fatiga la vista con el panorama ebrio de luz. Oscar, desmenuzando[242] mentalmente aquel problema psicológico que Cecilia le obligaba a resolver, queriendo ella demostrarle que se hallaba cansadísima de los triunfos artísticos y la vida elegante, acata[243] con hastío la realización de aquellas excursiones monótonas.

---

240 Bohío: palabra caribeña que refiere a choza, cabaña, casita de campo hecha de madera y paja o ramas.
241 Ceiba: árbol importante en la tradición caribeña; es grande y puede llegar a muchos cientos de años.
242 Desmenuzar: deshacer en partes pequeñas.
243 Acatar: obedecer.

¿Y seriamente pensará ella instalarse fuera de la capital? La vida provinciana le ofrece a Cecilia, que es flor de las metrópolis, el encanto sereno del vivir burgués desconocido para ella. Quien ha saboreado el jugo de la existencia variada y emocionante que brindan las grandes ciudades, ansía el reposo austero y la paz austera de las provincias retrógadas, donde las esquilas [244] marcan las transiciones del día, las grandes fechas y los acontecimientos de importancia. Y donde las casonas añejas [245] lucen el moblaje de los abuelos, y sus cuadros vivos de personas pertenecientes al pasado. Cecilia, para establecer el equilibrio en su existencia moral, ha buscado siempre en las lecturas moralizadoras el apoyo de sus razonamientos, a diario envenenados con las acechanzas y los espejismos de las artes moderrnas.

El conductor del tranvía canta las estaciones, y entonándose exclama: —¡Los Pinos!— Abarca la vista de los viajeros un pueblecito tropical. Las casas de madera con muchas ventanas y plantas silvestres. Minutos después la misma voz estentórea grita: —¡Arroyo Naranjo!— Y se observa una carretera sembrada con árboles entrelazados, a cuyos bordes las quintas de medio siglo atrás, lucen los jardines, en todas las estaciones florecidos. Y atravesando un puente sobre el cristal del río, canta de nuevo el conductor: —¡Calabazar!— El pintoresco lugarejo, hundido entre lomas y montes, por donde cruza el hermoso río Almendares, muéstrase reverberando al sol de la mañana. Esta aldehuela tiene una iglesita católica que sanciona la monotonía del vivir campesino. Y tras unas plantaciones de naranjos, pronuncia la voz cantante: —¡Boyeros!— El misérrimo [246] y desagradable lugar pasa inadvertido ante la pareja. Campos y campos de

---

244 Esquila: campana.
245 Añejo: antiguo.
246 Misérrimo: muy pobre.

hortalizas y árboles frutales. Las torres de una iglesia y el Ayuntamiento asoman por encima de las tupidas frondas, es —¡Santiago de las Vegas !– según acaba de anunciar el vigilante conductor. Pasa el tranvía junto a la ciudad obrera, donde se confeccionan los tabacos. El aspecto es pobre. El público del andén[247] ostenta ese color terroso, característico de los tabaqueros. Delgados, bien parecidos y anémicas las caras cobrizas. Continúan las vegas de tabaco junto a los rieles de la locomotora y anuncian: —¡Rincón!– Verdadero escondite donde se albergan los leprosos de toda la Isla. Aquí descienden al andén Oscar y Cecilia e instalándose en un coche desvencijado[248] que se encuentra junto a la Estación, se hacen conducir por la carretera hasta Bejucal.

El paisaje continúa sin alteración: a un lado y otro del camino árboles corpulentos y altísimos, lomas cubiertas de césped y salpicadas con palmeras. Desde un recodo que corta un riachuelo se divisan los rojísimos tejados españoles de la villa silenciosa. Todas las casas de un solo piso, tienen amplias rejas del techo al dintel[249] abiertas y tapadas con rústicas cortinas de cretona o irlanda, se observan tras de ellas, ocultas, las fisgonas[250] caritas de las muchachas casaderas, atentas al ruído de los transeuntes que pasan las calles. Los enamorados artistas van despertando la curiosidad puebleril cuando cruzan las calles principales en aquel coche que rueda un jamelgo[251] escuálido sonando cascabeles. Ellos han emprendido tal excursión inmotivada, con el objeto de conocer a una famosa curandera de la que los periódicos cuentan patrañas curiosísimas. En las afueras de la población vive la bruja espiritista. El coche les conduce hasta una calleja colindante al campo, y frente a una miserable vivien-

---

247 Andén: plataforma de la estación.
248 Desvencijado: viejo y arruinado.
249 Dintel: parte superior de un edificio.
250 Fisgón: espía, huraño.
251 Jamelgo: caballo flaco y hambriento.

da de tablas descienden. Por la acera de piedras llena de verdolaga y romerillo, pasea una gallina su rubia prole de pollitos. A la puerta ladra un perro sato. Oscar saluda a una muchacha mal vestida y despeinada, fea por añadidura, preguntándole si allí vive la curandera.

—Doña Manolita. Sí, señor—les responde.—Pueden Vdes pasar adelante.

Un tabique[252] de madera divide en cuatro entradas aquel tabuco[253] con suelo de hormigón; seis taburetes, dos mecedoras, una mesa y un tinajero.

Pasa un cuarto de hora y aparece una mujer de pelo cenizo, alta, delgada, desdentada, chata y en pantuflas; con un vientre abultado y unas manos de uñas largas, encorvadas y sucias.

—¿Qué desean Vdes?– interroga su voz gutural.

—¿Es Vd. Doña Manolita la curandera y adivinadora?– pregunta Cecilia.

—A la disposición de Vdes –contestó sonriéndose.

—Pues nosotros venimos a que Vd. nos lea el porvenir.– agrega apoyada por Oscar.

—Pasen Vdes a esa habitación –responde la sibila.

Es un cuarto soturno. Un altar con la imagen de San Lázaro y una Caridad del Cobre luce lleno de velas encendidas, sobre botellas de laguer, cuatro sillas y una mesilla con un vaso de agua, tal es el atavío de aquel santuario.

—Vdes. son dos personas de genio encontrados –comienza diciendo la moderna bruja–. Se quieren bastante, pero una mujer joven y trigueña pronto les quitará la dicha[254] que tienen. El señor es bueno, pero la señora es más desinteresada. El tendrá muchos éxitos. Vd. ha de sufrir por

---

252 Tabique: pared fina que separa los cuartos de una casa.
253 Tabuco: habitación pobre.
254 Dicha: felicidad.

las venturas de su marido. Los dos morirán juntos. ¡Cómo va a sufrir Vd., señora! ¡Veo en este vaso de agua el rostro de la muchacha que les robará la felicidad! ¡Veo alegría, dinero, muerte!

—¿Y enfermedades? –pregunta Cecilia.

—¡Ninguna! –responde la curandera.

—¿Y no puede Ud. evitarnos ese futuro? –agrega Oscar.

—¡No! Mi poder no llega a tanto. Puedo remediar[255], pero no puedo evitar. Puedo hacer una cura, pero no puedo adelantarme al Destino; yo le combato y gano o pierdo, pero adelantarme a sus acontecimientos resulta una tontería.

Así dice la bruja, para satisfacción de Oscar que desde el primer momento admira la audacia, la astucia y la penetración de la inculta y agorera[256] mujer.

Los enamorados ante la sugestión del espectáculo retrógado e inocente, se miran, comprendiendo la falsedad grotesca de aquella pitonisa[257] desagradable y huraña[258] como una sibila de aquelarre.

Cecilia se deja sacar el sol de los sesos, así dice la bruja que suena caracoles en el vientre, ¡tal estrépito hace aquel abdomen desarrolladísimo! A la curandera le dan arcadas cuando sentando en un taburete pequeño a Cecilia e instalándose ella en otro mayor, con un pomo lleno de agua puesto sobre una toalla que cubre la rubia cabellera de la danzarina, pronuncia sortilegios[259] blasfemantes.

Luego le regala unos amuletos: una piedra imantada y un San Lázaro de cera verde. Y al fin los amantes, aturdidos por tanta sugestionante estulticia[260], se alejan de aquel

---

255   Remediar: corregir.
256   Agorero: adivino, mago.
257   Pitoniso: adivino.
258   Huraño: insociable, que huye o se esconde de la gente.
259   Sortilegios: embrujos, adivinación.
260   Estulticia: tontería, necedad.

miserable cuchitril, ebrios de estupefacción, fascinados con los augurios tristes y las curas preservadoras.

Comen con buen apetito los guisados del país: carne de puerco frita con rosas de plátanos verdes, ensalada de rábanos y lechuga, harina con cangrejos, media botellita de laguer fría y un cuarto de agua mineral. El postre de piña en conserva, mangos pulposos, café muy fuerte y cigarrillos aromáticos. Tal el menú de los refinados amantes.

—Y bien–pregunta Oscar sonriendo la ironía de sus metáforas–¿Cuál es la canastilla que más te agrada de todas las que hemos ido mirando desde el tranvía? De los seis arbolitos ¿cuál escoges para tejer tu nidal? De tus proyectos trascendentalísimos es necesario que hablemos metafóricamente, pues los designios se estropean al ser expuestos con un lenguaje llano.

—¡No te burles, dueño mío! Confiesa que estos ratos tan únicos te distraen y proporcionan emociones nuevas y sencillas. No es por aquí donde tu pajarita cuelgue su nido. Estos pueblos inmediatos a las capitales recogen todo lo que ellas desechan. No es por aquí. Seguiremos registrando hasta dar con el hueco donde pueda construir mi retiro. ¿Quieres?

En un receso del camarero se besan con honda ternura. Han terminado de almorzar. El sopor de la siesta y la digestión les va embargando.

—¡Ay! ¡Quién tuviera en este instante su muelle *chaise longue*! –exclama el periodista bostezando.

—¡Ay! ¡Quién pudiera tener un minuto la dicha completa y después, morir... –agrega Cecilia, mortificada y presa del cansancio.

Rendidos por la fatiga del viaje, la digestión y el sopor del mediodía canicular, toman un automóvil en la placita de la Iglesia y saltando el vehículo por los baches de la carretera, llegan una hora después frente a la verja del elegante hotelito donde viven.

Capítulo VIII

Cecilia ha terminado la contrata de seis funciones en el Teatro Nacional. Para la *turnée* próxima necesita su *atrezzo* reposición inmediata. El resurgimiento inesperado de su más grande pasión la tiene sumergida en un marasmo [261] plácido e inconsciente. Se olvida de sus creaciones. No padece la inspiradora fiebre artística. Desdeña [262] los aplausos. No le atrae el triunfo con su corte de admiradores que reparten joyas y canastillas de rosas y crisanthemos. Los besos de su adorado la narcotizan más dulcemente que toda la gloria de su ardua labor de artista célebre. La fabricación del nido la distrae, preocupa y rinde más que las confecciones de bambalinas [263] y trajes.

Tras muchas contrariedades e inconvenientes ha podido comprar un terreno en los repartos de la Playa [264]. La fabricación de su hogar ha comenzado. Será una casa quinta sobria en su factura, pero confortable y hermosa. Un portal al frente, sobre un atrio donde sembrarán granados y murallas, acacias y galanes[265], un pino, una palmera, un flamboyán y un ciprés. Al portal, que será vestido con enredaderas de jazmines y picualas, darán los ventanales del salón y la biblioteca, al frente la tallada puerta de caoba con planchas de bronce. Los ventanales tendrán alféizares [266] sem-

---

261   Marasmo: suspensión, inmovilidad en lo moral o físico.
262   Desdeñar: menospreciar.
263   Bambalinas: tiras de lienzo que decoran el telón en un teatro.
264   Playa: hoy parte del municipio de la Habana, en su extremo oeste a lo largo del mar.
265   Galán: en este caso refiere a una planta.
266   Alféizar: parte saliente de la pared en torno a una puerta o ventana.

brados de musgos y esmeraldinos cristales por donde penetre la luz solar atenuada y tierna.

El techo en forma de pizarra será de rojas tejas que pondrán una nota llamativa sobre el estuco gris plata del edificio levantado sobre el follaje de los jardines, bajo la cúpula azul radiante del cielo tropical, y cerca de las olas brillantísimas del océano sonoro, que la pareja de artistas podrá escrutar desde la terraza. Cinco meses transcurren hasta la terminación del edificio.

La tercera parte de la fortuna de Cecilia ha sido empleada en la construcción del nido. Más de la mitad en cuadros y estatuas, jarrones y tapices. Cuando llega el momento de la inauguración, ella pasa balance a su capital y nota sin tristeza que ha mermado hasta reducirse a la cuarta parte. Aquel nido es ahora su fortuna. El fruto de su labor de artista. El premio de su juventud laboriosa y sentimental.

Oscar y Cecilia inaguran la casa quinta[267] realizando un programa bonito. Por la mañana del día tan deseado, llegada de las personas invitadas y toma de posesión del edificio con un almuerzo servido por el Hotel Inglaterra[268]. El conjunto de visitantes se compone de dos directores de los periódicos principales con sus respectivas esposas, dos cronistas, una famosa cantante, un poeta millonario, un novelista célebre de paso por la Habana, dos políticos famosos y tres señoritas de sociedad.

De sobremesa[269] el poeta recita, los políticos hacen chistes burdos [270], el novelista describe países y costumbres, los cronistas toman nota, los directores de periódico le hacen cuentos verdes [271] a las modernas señoritas y Cecilia, a instancias de todos, después que toman en la terraza el café,

---

267   Quinta: estancia, villa.

268   Hotel Inglaterra: elegante hotel construido en 1875 y (aun) situado en el Paseo del Prado, frente al Parque Central en La Habana Vieja.

269   De sobremesa: después de la comida.

270   Burdo: inculto, grosero.

271   Cuento verde: cuento de insinuaciones sexuales.

ejecuta, acompañada al piano por Oscar, un bailable gracioso y expresivo. Una señora canta. Las muchachas flirtean. Y cuando ya la noche desciende sobre las cosas, los visitantes se retiran, la inauguración ha terminado, y Oscar y Cecilia en la penumbra del hall se abrazan con los ojos húmedos y las bocas juntas.

Tras el cansante deambular por hoteles y países: ¡qué delicioso resulta la propiedad de un hogar bello y confortable! ¡Qué armónica la vida junto al ser adorado! Cecilia se atavía[272] con delantales de encajes, y ella misma adorna su retiro. Siembra azucenas y begonias en los arreates, corta flores para los jarrones, confecciona cojines y tapetes, hace natillas y pastelillos, pinta sus kimonos, marca los pijamas y pañuelos de Oscar, abreviando, se siente satisfecha de la vida.

Oscar, en tanto, corrige las pruebas del último libro escrito junto a Cecilia. Publica afiligranadas[273] crónicas en *El Mundo* y *Heraldo de Cuba*, las unas literarias, las otras políticas, y es el escritor mas leído, más ameno y concienzudo[274]. Durante las horas rubias de la mañana y las horas grises del atardecer, pasea en un brioso alazán por la carretera del *Yacht Club*, vistiendo un traje dril[275] No. 100 y tocado por un *jipi*[276] de trescientos dólares.

Su mujercita ya no le parece tan bella, pero sí más propia.

Aquella seductora figulina, delicada ejecutante de todos los deleites del amor, se despoja de artificios para pertenecerle castamente, como una recién iniciada burguesita.

Los múltiples frascos[277] y botes de cremas y perfumes,

---

272   Ataviar: decorar.
273   Afiligranado: elegante, breve, trabajado con decoraciones.
274   Concienzudo: serio, con conciencia.
275   Dril: tela fuerte de hilo o algodón.
276   Jipi: o «jipijapa» sombrero confeccionado en paja «toquilla», también conocido como «de Panamá» (Jipijapa es un cantón de la provincia de Manabí, Ecuador)
277   Frasco: botella.

permanecen intactos en las repisas del *necesser*[278]. Se olvida de la *manicure* y el peluquero; su atención está fija en serle útil e indispensable al dueño de sus caricias.

---

278 *Necessaire*: palabra francesa que significa bolsa en la que se guarda lo necesario para el aseo.

Capítulo IX

Hace un mes que disfrutan el encanto de aquel retiro fresco y luminoso.

La danzarina ha engruesado al extremo notorio de que su menuda figura se redondea para inconveniente de los bailables y encanto de la alcoba. Ella está pasando por ese transcurso de tiempo en que la belleza femenina se localiza hasta la definitiva transformación. El escritor también engruesa considerablemente, pues ya el abdomen requiere la faja de los presumidos gastrónomos.

A la derecha de la casa quinta, separado por dos metros de jardín, construyen un *chalet* que hace esquina y tiene a su vez un carmen[279] a la calle traviesa.

Transcurridas unas semanas, aun fresca la pintura de puertas y ventanales, llega a ocupar el edificio una familia que se compone de tres jovencitas casaderas, una venerable señora viuda, y dos criadas mestizas.

Desde la biblioteca y el gabinete de Oscar, situado frente al corredor de la casa vecina, se pueden observar a todas horas las lindas tobilleras.

El chalet de las tres gracias y la quinta de Cecilia son las únicas viviendas en varias manzanas[280] de solares con aceras y arbolado.

---

279 Carmen: en España: una quinta o casa con huerto o jardín.
280 Manzanas: cuadras de una calle.

Resulta interesante para Oscar la familia de niñas casaderas, huérfanas de la vigilancia paternal, pero de apellido notable y educación esmerada[281], que tan al alcance de su observatorio de novelista se instalara.

A Cecilia también le ha intrigado el entrometimiento[282] en sus alrededores, de una familia honorable y desconocida donde resaltan por su juventud aquellas muñecas de sociedad.

Durante la siesta, mientras Oscar lee sus autores favoritos, eróticos y sugestionantes, llegan en los giros de la brisa las juveniles carcajadas de las dos más pequeñas en el trío matrimonial.

El, intrigado y curioso del argentino[283] reír, observa las chanzas[284] que con la sirvienta y la cocinera sostiene la más chica de todas.

Son las cuatro de una tarde a fines de julio.

Cecilia ha salido de compras y Oscar dentro del baño canta derrochando los agudos de su voz de barítono, mientras la ducha repica en la espalda y el tórax, que copla el espejo frente a la bañadera, mostrando al escritor su bizarra[285] figura de Apolo velludo[286].

Una de las veces en que importunado por la fuerte brisa del mar empínase sobre la punta de sus pies para cerrar de fijo las ventanas de encima de la bañadera, sorprende, ayudado por la penumbra que reina en esa parte de la casa durante la tarde, el cuarto de baño vecino que separado por dos metros de jardín del suyo, luce lleno de sol dejando ver por la ventana, más baja que la que él desea cerrar, la figura de una jovencita desnudándose frente a la bañadera bien

---

281 Esmerada: fina, pulida.
282 Entrometimiento: entrometerse es ponerse en medio, introducirse donde no le toca.
283 Argentino: como de plata.
284 Chanza: chiste, gracia.
285 Bizarro: elegante.
286 Velludo: con mucho vello o pelo.

surtida[287] de agua, según el ruido que hace el grifo y la ducha. Impresionado por tan picante casualidad cual un imberbe durante la época de las curiosidades y travesuras, encarámase sobre los bordes de la bañadera y sujeto de las manos al ventanillo, todo empapado de agua como un pollo para quitarle las plumas, observa inquieto: es la más pequeña de las tres hermanas, bastante llena en carnes; canturreando un *couplet* de moda, se despoja de su ajuar interior. El encaje de su camisa se ahueca al empuje de dos pomas nacaradas que terminan en dos pétalos de rosa. Los brazos pequeños y redondos, tostados por el sol cubano, levántanse sobre su cabeza, recogiendo el cabello negrísimo y rebelde que forma un inmenso moño sujeto por dos horquillas encima de la frente de su carita redonda y alegre, surtida de lunares[288] que matizan la graciosa frescura de una semblanza de angelote.

Al fin se deshace de la camisa y las medias, lanza un grito revoltoso y bulliciosa como un cascabel se sumerge en el agua.

Oscar ya no puede verla. Y bajando a la bañadera, medio seco por el aire del ventanillo, reflexiona respecto a su curioseo. Lo que ha visto es una deliciosa casualidad que puede a diario repetirse y que reúne todo el encanto de lo vedado[289], a más de juventud y belleza. Su curiosidad resulta una chiquillada en las postrimerías del estío. Cosas de la pícara vida –se dice.– Y hay quien tome los convencionalismos del pudor en serio. ¡Qué ridícula y absurda se le presenta la moral que le impone a las vírgenes el mundo! El pudor de lo feo se lo explica el escritor esteta, pero la costumbre de ocultar lo bello le parece una estupidez execra-

---

287 Surtir: proveer, dar, por tanto, bien surtido es bien provisto, lleno.
288 Lunares: pecas en la cara.
289 Vedado: escondido, prohibido.

ble. Así dialoga consigo al salir del cuarto de baño, mientras le pide a su criado, estornudando impaciente, un vasito de ron y otra bata de felpa que le preserve del resfriado indispensable.

Cecilia retorna al anochecer estropeadísima. Muchos resultan los inconvenientes de un día de tiendas en esta capital de las Antillas, donde no existen departamentos públicos para satisfacer las necesidades privadas de las niñas y señoras, de acuerdo con las dimensiones extensísimas que van tomando las congestionadas urbes modernas.

El escritor, después del baño siente un escaldeo moral y sanguíneo, una embrionaria necesidad de vivir alguna aventura picante y sencilla, largo tiempo sin desear ni correr. Después de todo en la novela de su vida, falta el capítulo sazonado por el orégano y la pimienta del vivir. Sus amoríos fueron siempre fáciles. Sus pasiones han sido profundas y por lo visto definitivas. Una embriagante inquietud le invade mientras pasea en el brioso corcel, bajo los álamos [290] de las avenidas. Y al regreso, cuando descubre junto a las hermanas en las mecedoras del portal, a la graciosa chiquilla que viera desde el ventanillo del baño, saluda sonriéndose aquel grupo de ingenuas tan distintas de rostro como de espíritu, hermanadas por la sangre, la educación y el apellido.

De sobremesa Oscar le manifiesta a Cecilia el estado anímico que desde hace unas horas experimenta, sin confesarle cuál ha sido el móvil.

Cecilia es hincada [291] por el pinchazo del presentimiento. Escucha con sobresalto el nervioso charlar del amante, y un indescifrable recelo empaña la satisfacción de la velada,

---

290 Alamo: árbol elegante frondoso y grande, muy usado en las ciudades para dar sombra en las calles.
291 Hincado: clavado.

sin que pueda descubrir el objeto que sancione tal desequilibrio interno, hijo de su desarrolladísima intuición de mujer talentosa que ha vivido mucho.

El eterno problema que se desarrolla siempre junto a las parejas del amor, ya comienza a perfilarse en aquel risueño paraíso de artistas.

Por las noches, después de las expansiones en el tálamo [292] perfumado, entre almohadones de finas plumas, colchas de batista y encajes, y cobertores de seda, Oscar, mientras duerme Cecilia, se increpa [293] a sí mismo, reprochado por su caballerosidad que mucho le debe a la dulce mujercita mimada por los públicos, quien dos veces le ha levantado el espíritu y la fortuna, siendo su precioso báculo [294] en el valle de la vida. Mas, todavía su cerebro no ha terminado de bocetar el último reproche, cuando la donjuanesca hombría comienza nuevamente a urdir argumentaciones y tramas tendientes a establecer trato íntimo con las chiquillas vecinas y en particular con la más pequeña de las tres. Su calenturienta imaginación rueda en el marasmo de unos lances novelescos, efectuados tras la conquista del gracioso *bibelot* envuelto en una novelería agridulce.

Y la extenuación mental, efecto de los imaginativos acontecimientos que va voluptuosamente hilvanando, vierte un suave sopor en sus párpados, y bajo el sueño continúan sus células tejiendo la malla de amorosas escenas cinematográficas. Oscar acecha la ocasión que le permita entablar amistad con las muchachas.

La mayor es oficinista de la secretaría del Estado. Tiene buen sueldo y está muy considerada, pues su tío es el jefe del Despacho. Alta, rubia, delicada y ceremoniosa. La segunda

---

292　Tálamo: término generalmente usado para indicar la cama nupcial.
293　Increpar: censurar.
294　Báculo: consuelo.

también tiene la cabellera dorada, los ojos garzos y la silueta elegante; pero la pequeña, regordita y alegre, con el rostro lleno de lunares y sonrisas, las piernas torneadas[295] y el aire desenvuelto, posee el sabroso excitante de su cuerpecito aterciopelado, que se le presenta al novelista como un jugoso melocotón desprendiéndose de un árbol a la vera del camino.

Las muchachas también están intrigadas por conocer la vida de aquellos enamorados tan felices.

El guapísimo Oscar, cumplido y atento, les inspira simpatía. Cecilia, vistiendo a todas horas tan elegantes *toilettes*, ha despertado inconscientemente una revolución de ideas en aquellas cabecitas juveniles.

Al fin un atardecer de agosto en que brilla el sol como un crisanthemo de coral sobre la turquesa del cielo sin nubes, el escritor tiene ocasión de establecer trato con las graciosas jovencitas.

Borda la mayor en el portal y las dos más chicas juegan por el jardín a la pelota, cuidando tan sólo que no descomponga el aire la simetría de los rizos colocados junto a la cara.

El novelista espía la oportunidad para hacer su aparición en la escena de las adolescentes. Desde el balcón de su biblioteca se apercibe de que entre risas y chanzas se disputan una perfumada rosa, la primera que ha nacido en el jardín recién plantado.

Desde la terraza observa los movimientos de la riña, dejando el libro que finge leer, toma unas tijeras y corta de los rosales de Cecilia las rosas más bellas, haciendo un lindo manojo de capullos rosados y blancos, entre espigas de he-

---

295   Torneado: de suaves curvas, bien configurado.

lechos. Después llama a su criado y les envía a las jóvenes el bonito ramillete.

Estas al adivinarse comprendidas lo reciben acortadas. Miran hacia la terraza vecina y allí está Oscar elegante y correcto que les da un saludo cortés. Luego tomando su bastón se marcha camino del Club. Ellas corren a contarle la inesperada aventurilla a la hermana mayor quien juiciosamente las reprende. Después llegan hasta el departamento de la venerable viuda y le narran lo ocurrido. Las cuatro ingenuas no encuentran incorrecto aquel rasgo sencillo, pero se proponen evitar las coincidencias ya que no conocen a sus vecinos.

Desde esa tarde Oscar acecha con más deseo la ocasión que le permita hablar con las jóvenes, especialmente a la más pequeña.

Capítulo X

Pasan tres días huérfanos de acontecimientos que establezcan la comunicación subjetiva entre Oscar y la joven de los lunares, vista desde aquel ventanillo si no como Venus al surgir de las blancas espumas del océano, sí como núbil Afrodita [296] en disposición de hundirse bajo el agua de la bañadera.

Ni un solo paréntesis ha cortado la monotonía de las setenta y dos horas en que los artistas han visto desfilar el tiempo sin consecuencias de ninguna especie.

La mañana del cuarto día se presenta anunciando un fuerte aguacero. Oscar almorzará en el *Country Club*, los amigos le dan un banquete homenaje [297] a los últimos éxitos de asalariado periodismo que nuestro protagonista, más mercader [298] de frases encomiásticas [299] que sus famosos correligionarios, obtiene bajo la férula [300] de su talento especulador.

Junto al sardinel [301] de la quinta, bajo los álamos, aguarda el carruaje, un Packard color arena, con chaufeur uniformado de verde. Cecilia también almuerza fuera, en el *Sevilla* [302] la acompañan dos cantantes de ópera y una actriz cinematográfica.

Camino del *Country Club* el sol del mediodía rompe los

---

296   Afrodita: Venus.
297   Homenaje: celebración en honor de alguien.
298   Mercader: vendedor.
299   Frases encomiásticas: que alaban.
300   Férula: autoridad.
301   Sardinel: escalón de entrada a una casa hecho con ladrillos sentados de canto.
302   *Sevilla*: el hotel Sevilla, recién reconstruido, se ubica a dos cuadras del Hotel Inglaterra, en el Parque Central de La Habana.

nubarrones obscuros, y un calor sofocante amodorra los ánimos haciendo trasudar y manchando los trajes que suelen estropearse desde el estreno.

Cuando la máquina cruza el puentecillo, el escritor observa que a pocos metros del carruaje van refugiadas bajo una sombrilla las dos pequeñas del chalet vecino. Haciendo refrenar la velocidad del automóvil las invita a que continúen su paseo más cómodamente. Las jóvenes dan las gracias y se excusan. Oscar persiste y ellas, molestadas por el aire y el sol, aceptan ya que no muy lejos está el chalet a donde se dirigen. Las desigualdades del asfalto al balancear el vehículo acercan los cuerpos, el de Oscar experimenta el despierto latigazo de su hombría excitada por la presencia de tan distinguidas muñecas. La jovencita de los lunares por flúido telepático siente a su vez un delicioso extremecimiento indescriptible, como todas las emociones imprevistas cuando se saborean por primera vez.

—¿Llevan Vdes. luto de su papá?– pregunta el escritor.

—Desgraciadamente. Hace un año que la muerte nos lo arrebató para desconsuelo inmenso de nosotras y eterna pesadumbre de mamá. ¡Era tan bueno!

—Dispensen Vdes. mi curiosidad, ¿su padre de Vdes. se llamaba?

—José Antonio González Pérez.

—¿Son Vdes. las hijas del dóctor González Pérez? ¡Cuánto gusto en servirlas y ponerme a la disposición de Vdes., señoritas! El era un caballero de mucho valor intelectual y político, yo le admiraba y quería.

—Gracias. Es Vd. muy amable –contesta la rubia de los ojos brillantes, cuyos párpados aterciopelados muestran un tupido abanico de rizadas pestañas donde la luz prende reflejos dorados.

—¿No son más hermanas que Vdes. tres?

—Y otra casada, la mayor. Es decir, casada no, viuda: su marido murió antes que papá.–Esta respuesta la da de prisa la más pequeña, que se nota quiere llevar la conversación.

—¿Se puede saber su edad, señorita, y perdone la pregunta?

—Nada tengo que perdonarle. Diez y seis años. Hace tres meses que salí del colegio donde desde los once estuve interna.

—Tres meses nada más?–interroga de nuevo el escritor, fijando sus pupilas escudriñantes[303] en el claro mirar de la chiquilla que lleva el rostro constelado de lunares obscuros como puntitos de café.

—Tres –replica medio acortada el mirar penetrante, y reponiéndose locuaz, prosigue su charla varia y deshilvanada, propia de tal personita que posee una imaginación desprovista de inventiva.– A mí me parece la vida muy buena y el mundo muy alegre. Mi madre está siempre triste y las dos bobas de Celita y Margot sólo saben suspirar melancólicas, para que yo me ría continuamente de sus fantasiosas tonterías.– Al terminar la oración desata los cascabeles de su risa juvenil, mostrando la pulida dentadura de su boca jugosa, y los oyuelos que la risa pone en sus mejillas.

—¿Entonces Vd. resulta la mascota del hogar? –agrega el periodista, riendo la gracia de aquel rostro provocante y tierno, y viéndola con la imaginación al igual que aquella inolvidable tarde.

—Tal vez –contesta la joven–. Yo gozo mucho hacien-

---

303 Escudriñantes, de escudriñar: examinar u observar algo con atención.

do travesuras, para mí lo mejor es reír. Siempre me he reído de todo, desde pequeña he sufrido reprimendas y penitencias por no saber ocultar la risa. Si yo no fuera así mi casa sería un cementerio. Margarita siempre está leyendo novelas y versos. Nuestra hermana mayor cuando no está en la oficina, borda, teje, cose, hace dulces; mientras tanto soy la que alegra la casa. Hago ruido, mortifico a las criadas, le doy a ésta sustos monumentales que la sacan de sus casillas y la enfurezco. Ella y Celita son dos melindrosas con cara de nuestra Señora de los Dolores. Y no vale que les predique a todas horas que con esas apariencias acabarán por quedarse para vestir santos.

Margot corta la locuacidad charlatana con esta interjección:

—Basta, Josefina, no seas infantil. ¿Acaso tienes confianza con este caballero, para enterarle de tus chiquilladas que nada le interesan?

Oscar celebra la franca ingenuidad de Josefina disculpándola. La inteligente Margot acata con ojos de bondadosa soñadora, el juicio del famoso literato. Ese dulce mirar de la joven intelectualizada riega una leve emoción en el espíritu inquisitivo del novelista.

La pequeña parlanchina[304] continúa sin reparo[305]:

—Sí, Margot no quiere trabajar en la oficina de nuestro tío porque prefiere pasarse los días emborronando hojas de libretos donde todo lo que dice me resulta incomprensible. Figúrese Ud., una estrella convertida en pájaro, una flor que vuela, un pájaro que es flor, en fin, una serie de absurdos y desatinos que me hacen reir a más no poder[306].

La hermana, molesta en su idiosincrasia, la interrumpe sin cumplimiento:

---

304 Parlanchina: la que habla mucho, sin discreción.
305 Reparo: darse cuenta.
306 A más no poder: (coloq.) mucho, excesivamente.

—Josefina, las personas deben de pensar lo que dicen, porque las conversaciones sin sentido común abruman simplemente: ¿a qué molestar a este señor con derroche de chiquilladas?

Queda Oscar sorprendido por la elocuencia sensata de aquel capullo intelectual, y abogando en favor de Josefina agrega:

—Déjela Vd., señorita. Su hermana posee la preciosa ingenuidad de los diez y seis abriles. Déjela Vd., ella es así, espontánea y sencilla, y esas características forman el tesoro mas preciado de la juventud.

Josefina, sintiéndose respaldada por el mundólogo vecino, continúa diciendo:

—Así, digas lo que gustes, lo cierto es que tú y Celita son dos tontas de capirote. ¡Así mismo, señor de Fuenterrabía! Mientras tú te devanas los sesos imaginando historias y fantasías, yo le daré al teclado de la Rembrandt allá en la oficina de Carlos Mirelles, el comerciante de maquinarias que fué socio de papá. Sépalo Vd., Fuenterrabía, desde el próximo lunes comienzo a ir a la oficina, yo, la hija de un médico célebre que murió pobre porque quiso ser honrado. Digan lo que gusten, las presumidas como Margot reconocerán que las oficinistas decentes resultan más útiles y morales que las burguesas haraganas y presumidas. Nuestra hermana mayor es una de las muchachas más buenas que andan por el mundo, al decir de todas nuestras amistades, y sin embargo, desde que nuestra posición económica se hizo difícil ella desempeña un puesto en el Estado y continúa siendo respetable y agasajada[307]. Cuando yo me vea en la calle caminando sola, con mi sombrero de paja y mis ves-

---

307 Agasajado: festejado.

tidos de olán[308], voy a figurarme que sueño. Porque cuidado que resulta estúpido eso de ir siempre con la criada, llevando sombreros de seda que se destiñen al sol, vestidos que se arrugan de nada y cuestan muy caros, zapatos que nos lastiman por lo estrecho al pie: ¡un horror! Yo sueño con ser oficinista. Con andar cómoda y ser dueña de mis actos. Todo lo que le he dicho puede Vd. jurar que es cierto.

Margarita sobradamente mortificada interrumpe a la indiscreta preguntándole a Oscar si él es el mismo escritor de quien hablan los periódicos locales tan encomiásticamente.

—Servidor de Vdes –agrega halagado en su amor propio, y durante algunos minutos el silencio embarga el ánimo de todos.

—Dígame, señorita, ¿le gusta la literatura?

—Muchísimo.

—¿Y qué género cultiva, la prosa o el verso?

—Los dos estilos me agradan. Papá quiso que yo estudiase literatura, pero su muerte ha dejado truncos[309] mis deseos y rotas sus aspiraciones.

—Sí señor, Margarita se ha consagrado a dialogar con las estrellas mientras adivine la mejor manera de atrapar una nube, para encaramarse[310] sobre su lomo y viajar por los confines donde se oculta el sol. Ya ve Vd. que también sé yo hablar en sentido figurado y no para decir, como suele hacerlo ella, los más ridículos reproches.

Oscar celebra la ingeniosa reconvención de la pequeña y las dos a un tiempo le indican el camino de la casa a donde se dirigen.

Algunos minutos después, frente a la verja de un solariego edificio, el escritor despide a sus vecinas.

---

308   Olán: faldilla suelta, generalmente de percal o de zaraza de colores.
309   Truncos: cortados, sin cumplir.
310   Encaramarse: treparse, subirse.

Capítulo XI

La semana ha terminado. En la mañana del lunes, Oscar pendiente de lo que dijera su gracioso botón de los lunares, así llama él a la jovencita, levántase temprano y sale hasta la biblioteca para observar oculto tras de los visillos, la primera salida que hace sin la característica sirvienta la graciosa Josefina.

Así que pasan unos minutos el escritor contempla el beso de despedida, que junto a la escalinata del jardín pone sobre la frente de sus dos hijas la madre venerable y gallarda, como una dulce matrona de los tiempos heroicos.

Y acompañándolas hasta la verja cruzan las tres el pasillo enarenado, desde donde mientras las hijas se difuminan a lo lejos, ella sacude con su mano levantada el pañuelo de batista.

Cecilia y Oscar discuten acaloradamente después del almuerzo, con motivo del capítulo erótico que pretende quitarle a su novela. Luego Cecilia sale de compras, quiere hacerle a su amante bonito regalo el día de su natalicio que será próximamente.

Oscar le pide que si va de visita le mande la máquina para ir él a buscarla.

Es la una cuando el automóvil regresa de llevar a Cecilia, para conducir a Oscar a distintas diligencias.

Como a dos cuadras del chalet el carruaje cruza junto a Josefina, quien refugiada de los ardorosos rayos que vierte el sol en pleno meridiano, bajo la indispensable sombrilla, se dirige sudorosa hacia el distante paradero de los tranvías.

Oscar detiene su carruaje y la invita para que continúe el trayecto más cómodamente.

Ella acepta gustosísima; su bonito vestido de tafetán que se adhiere con el sudor a la piel marfilina, y el sombrerito alón lleno de uvas negras, pierde con los rayos calcinantes el brillo de la paja; demás está decir que los zapatitos de gamuza se deforman y manchan al roce de las piedras y al polvo consiguiente.

La hermana mayor, según ella le dice a Oscar, es oficinista del Estado y a ello se debe que durante la canícula[311] no trabaje sino de mañana. En su oficina es distinto, no existen consideraciones climatorias para las oficinistas, es un establecimiento particular donde ella ha comenzado a desempeñar[312] una sencilla y bien retribuída tarea. Su puesto es el más cómodo, de mejor sueldo y mayor consideración entre todos los empleados del establecimiento.

Cuando el automóvil de Oscar deja a la joven a la entrada del edificio merrcantil, ella advierte que todos los pormenores de su vida primaveral, con la charla inconsciente los expuso incauta al juicio crítico de un hombre de talento que la subyuga tan sólo con mirarla.

El a su vez ensimismado[313] continúa el trayecto hacia la casa de un político famoso saboreando la satisfacción de haber tenido tan cerca y tan pronto a la incitante jovencita. Ya casi presiente que logrará irse adentrando, primer curioso enamorado, en la infantil sensiblería de aquella muñequita

---

311 Canícula: período del año de calor más fuerte.
312 Desempeñar: hacer, cumplir.
313 Ensimismado: absorto, abstraído (de: «en sí mismo»).

humana, cuyos resortes él será probablemente, quien primero los haga funcionar. ¡Cuán delicioso se imagina el aterciopelado melocotón que la casualidad brinda excitando su apetito de Don Juan!

Amodorrado[314] por el sopor[315] del estío las muelles sacudidas del carruaje le producen una suave voluptuosidad que despierta el salvaje apetito de su hombría.

A las cuatro de la tarde Cecilia le comunica que comerá también fuera. El periodista deseando acompañarla regresa para vestirse dejando el automóvil a la disposición de su compañera. Instalado en el tranvía comprende que la inspiración desde hace rato quiere asaltarle, y un enjambre de bonitas ideas bailan por su cerebro efervescente, imponiéndole la necesidad psicofilosófica de transmitirlas al papel.

El camino, desde la parada de los eléctricos hasta su casa, resulta muy agradable bajo los álamos frondosos donde revuelan los gorriones, piando, sin concierto en el diáfano y cálido atardecer vernal.

Cuando el novelista cruza junto a la verja del jardín vecino, escudriña por entre las aralias el interior del edificio, descubriendo sobre el césped a Margot, que recostada escribe unas cuartillas.

—Buenas tardes, señorita —dícela Oscar a través del enrejado y las aralias.

Margarita, interrumpida inesperadamente en su labor, lanza un grito nervioso, incorporándose con elasticidad felina, y al reconocer al vecino se disculpa sonriendo.

—¿Escribe Vd. versos?

—Estaba intentándolo.

---

314   Amodorrado: adormecido.
315   Sopor: letargo.

—¿Y leía Vd?

—*Azul*, de Rubén Darío[316].

—Es un libro exquisito.

—Es un libro encantador.

—¿Y se podrían leer los versos que Vd. hacía?

—Aún no es tiempo.

—¿Por qué?

—No valen nada.

—Valdrán algo.

—Una sonrisa desdeñosa.

—¡Si me permitiera Vd. leerlos!

—¿Promete Vd. no halagar mi amor propio, y darme sinceramente su opinión?

—Sincero ha de ser mi juicio, bajo palabra de caballero.

—Pues óigalos.

Margarita con voz musical recita junto a la verja, mientras Oscar observa los cobrizos[317] reflejos que prende sobre su cabellera la luz del sol poniente y el brillo de sus pupilas garzas que fosforecen al par que agita los jugosos labios enrojecidos:

> Cúbrese el cielo con nubes
>   nacaradas
> y en mi alma las tristezas
>   se desbandan,
> y según la tarde muere
>   sin dolor
> va latiendo suavemente
>   el corazón.
>
> Mis tristezas son rosadas
>   como nubes,

---

316 Rubén Darío (Nicaragua, 1867-1916), el poeta más reconocido del modernismo (1880-1915), movimiento literario de rebeldía e innovación, clave en la cultura hispanoamericana.

317 Cobrizo: de color cobre.

como nubes se transforman
  y confunden.
¡Sonrosadas son las nubes,
  pero tienen
las tristezas de las cosas
  que se pierden!...

Mis tristezas todas ellas
  solas nacen
de un ensueño que no vivo
  y se deshace...
Mis tristezas tienen todo
  lo sublime
de las cosas incorpóreas,
  intangibles...

¡Qué tierna sensación de encantamiento produce la vocecita musical! Oscar se revisa interiormente y perplejo pregúntase cuál de aquellas dos mujercitas en capullo ejercerá mayor seducción ante su hombría, y cómo la posibilidad de obtener las ocasiones que le permitan saborear el zumo de aquellos frutos fáciles de alcanzar, puesto que la vida los pone al encuentro de sus deseos.

La una es carne convidando a gozar todos los placeres materiales, la otra es un delicado manojo de nervios magnetizadores que apresa los espíritus con la atracción que una rosa imantada ejercería sobre las mariposas de acero.

—Esa poesía la firmaba sin escrúpulo Rubén Darío si viviera. Tiene la emotividad artística bien presentada, es una sensible manifestación de poetisa en pañales.

¿Qué Mago invisible habrá tejido la bonita casualidad de conocerla, cuando comienzan a irrumpir los trinos que lanzan esos pájaros azules albergados en su cabecita dorada?

La tierna poetisa satisfecha sonríe, mientras Oscar, olvidando su lenguaje pomposo, se despide con unas breves frases de cumplido caballero. Margarita, invadida por una sutil melancolía, siente que las innumerables ramificaciones de su emotividad palpitan al encanto que la contemplación del cielo riega por sus pupilas abiertas como dos verdes capullos en el pálido rostro.

La tarde va cayendo en el poniente.

Margarita corre hasta su cuarto, y mirándose al espejo musita una exclamación voluptuosa y sonríe con honda placidez que pone las pinceladas del arrobamiento sobre la gracia infantil de sus mejillas. Josefina que acaba de llegar, penetra corriendo en aquella alcoba de ambas; alegre y ardorosa le da un abrazo a su hermana mientras comunicativa y revoltijera, le dice guiñando sus ojos pícaros:

—Márgara, ¡qué libro he comprado en la librería de Cervantes!

Margarita pasa la mirada por el título, *Noches de Amor.*

—Cuidadosamente le cubrí la portada y durante el camino de la Habana hasta el paradero he venido arrinconada en el primer asiento del tranvía, devorándolo más que leyendo. Una solterona que se sentó junto a mí procuraba comerse unas líneas, pero yo ladeando las páginas la dejaba en ayunas [318]. Con ese trabajo llegué hasta aquí, ¡si supieras las cosas que dice! Una muchacha de la oficina entre los papeles de su hermano encontróselo y escandalizada me lo enseñó. En seguida llamé por teléfono a casa de Veloso y pedí que me llevasen uno. Como la librería está a dos casas de la oficina donde trabajo, el dependiente lo llevó al instante.

—Márgara, ¡qué cosas tan raras he leído! Está escrito

---

318   En ayunas: sin comer (aquí: sin leer).

por un tal Musset[319], pero, ¡qué descripciones, qué escenas tan absurdas, cuántas cosas divinas enseña!... Indudablemente que el amor y el placer es lo más hermoso que existe. ¡Ay, cuando yo tenga un novio! Oye, dentro de una semana voy a tener novio, te lo juro. Esta monotonía en que vivimos nosotras durante la época más divina del vivir, porque todos los escritores están de acuerdo respecto a que nuestra edad es la más bella, y por tanto repito una y mil veces que esta monotonía abrumadora es algo muy triste. ¿No es verdad, hermana mía?

La blonda poetisa sonríe suspirando y haciendo un mohín de pasional tristeza, replica:

—Verdaderamente nuestra vida es monótona y aburridísima y simple tal que si fuéramos de mazapán. Yo siento unos deseos locos de sentirme enamorada, deseada profundamente, querida. Déjame ver el libro.

—Míralo aquí. Fíjate en este párrafo, Márgara, ¡qué cosas dice!

Josefina inclinada sobre el hombro de su hermana se sienta en el brazo de la mecedora donde Margarita cae sentada y así juntas van leyendo página tras página varios capítulos.

—¡Cómo trastornan la cabeza estas escenas de amor tan bien descritas! Es delicioso este libro, es descaradamente maravilloso. ¿Quién será este Musset?–agrega Josefina, y Margarita le responde:

—He oído decir que fué un gran poeta de vida confusa pero con un gran talento. ¡Y este libro lo ha escrito un poeta! Sin embargo es delicioso, muy delicioso todo este descalabro[320] pasional.

---

319 Alfred de Musset (1810-1857), poeta y novelista del romanticismo francés.
320 Descalabro: contratiempo, infortunio, desgracia.

Así débilmente declama la poetisa, fijando su mirada en los últimos colores del crepúsculo que se divisa desde la ventana destiñéndose a lo lejos por sobre los álamos del camino. Las alillas de su nariz remangada tiemblan, sus labios están húmedos, palpita el seno a través del *chiffón*[321] de la blusa negra. Josefina, los ojos brillantes y la boquita seca, la mira embelesada; esa expresión de voluptuosa melancolía que pasa por el rostro de su hermana estremece las fibras del sistema nervioso que posee la pequeña, excitable y tendido como cuerdas de violín. Se dobla hacia delante sobre la mecedora de mimbres [322], y estirando sus brazos redondos hacia el busto de Margarita la estrecha fuertemente, concentrando todos los estrépitos de su fogosa adolescencia que ha descubierto los placeres sexuales en las páginas de un libro erótico y descarnado, hasta la más intoxicante embriaguez de los sentidos. Y bajo la autosugestión de la lectura excitadora y lasciva ella imprime su ardiente boca sobre los labios húmedos y frescos de Margarita. Esta se estremece sin poder salir de su letargo [323] sensualmente soñador. La tarde agoniza tiñendo el ocaso de rojo colorido que se descompone en gamas violáceas. Margarita posa sus manos larguísimas y suaves en la cabellera de la hermana, ésta oculta el rostro salpicado de lunares sobre el seno temblante de la artista en embrión. Las dos flores de voluptuosidad palpitan al cálido aliento de Josefina.

La habitación se llena de sombras. De improviso, cortando el éxtasis de ambas, la hermana mayor toca en la puerta entornada y sin llegar a entrar grita desde el pasillo:

—Muchachitas, ¿Vdes. no se van a vestir para hacerles hoy la visita a las García? Hagan el favor de hacerse la *toi-*

---

321 *Chiffón*: palabra francesa que indica una tela como de seda.
322 Mimbre: planta que crece en el agua, cuyos tallos son plegables y de los que se fabrican muebles ligeros.
323 Letargo: estado de somnolencia profunda.

lette con menos calma que otras veces, miren que la cocinera dentro de un rato sirve la comida.

—Nos vestiremos ahora mismo— grita la más pequeña, mientras Luisa se dirige a la terraza para continuar en su labor de aguja.

Margarita se incorpora displicente [324], poseída por un extraño escorzor [325] en toda su naturaleza de virgen, y cerrando, automática, la puerta de la alcoba, dirígese hasta uno de los dos lechos pequeños y blancos que la adornan, desplomándose [326] sobre los almohadones, toda temblante como una sensitiva [327] que los párpados entorna.

Josefina, de pie junto al balcón de la ventana, vuelve su rostro a la habitación enteramente asaltada por la penumbra nocturnal. Llégase hasta el lecho de Margarita y se derrumba junto a ésta. Un extraño estremecimiento sacude todas las fibras interiores de la soñadora intocada, y al hundirse el colchón al peso de otro cuerpo, su entraña femenina siente vibrar el deseo como si fuera una antorcha.

Josefina, autómata de su naturaleza caldeante, tiende el ebúrneo brazo para asir el cuello de la hermana; ésta se vuelve exclamando con voz trémula:

—¡Ay, Josefina, qué hora tan dulce ésta del atardecer! Un amor a esta hora y un deseo de posesión que deje satisfechos nuestros sentidos. Un amor hondo, al igual que ese crepúsculo violeta. Un amor fugaz que termine tan pronto se haga completamente de noche.

—Figúrate dos jóvenes buenos mozos que pasando por nuestra ventana, perdidos en el atardecer, quedasen al mirarnos enamorados instantáneamente y atrevidos, en una loca inconsciencia saltaran a nuestra alcoba estrechándonos

---

324 Displicente: con indiferencia.
325 Escorzor: sentimiento causado por una pena o desazón.
326 Desplomar: caer (inconsciente).
327 Sensitiva: aquí refiere a una planta pequeña que si se la toca, los pétalos se juntan.

fuertemente al imprimir sus labios en nuestros labios ahítos de amor. Después, así que la noche llega, protegidos por la penumbra embrujadora nos desnudarían y absortos ante la belleza y frescura de nuestros cuerpos virginales, enloquecidos por un deseo maravillso, nos morderían los rosados botones del seno mientras pulsaran las carnes estremecidas para ir penetrando en el secreto del placer infinito, hondos, suaves, dulces...

—¡Ay, Margarita, Margarita mía qué cosas tan lindas tú sabes decir! ¡Oh, quién pudiera desfrutar ese instante aunque fuera en sueños!...

Josefina besa a su hermana en los labios mordiéndolos inconsciente. Margarita besa a Josefina con los ojos cerrados. Embriagadas por el beso y la sugestión, se enlazan y estrechan en un abrazo fuerte, hondo, impenetrable. Margarita es la primera en deshacerse y tirándose del tálamo virginal, demente de amor, ahíta de placer, salta los corchetes del vestido y las tiras de la enagua, y despojándose de un tirón todo el vestuario queda frente a Josefina en completa desnudez. La hermana sonríe cual una loquilla que ha nacido tan sólo para gozar de los placeres carnales. Y desnudando también a toda prisa su redondeado cuerpecito, a un tiempo las dos caen estrechamente enlazadas sobre los cobertores blancos.

Por la ventana la luna asoma como el rostro de un payaso de nieve.

Las dos vírgenes han cerrado los ojos y estrechándose cada vez más, con enérgicas fuerzas de juventud, las bocas de ambas quedan alternativamente presas de los senos, revolando de uno al otro cual mariposistas rojas sobre corolas de marfil.

El deseo las absorbe, el placer las acicata[328]. Ya no pueden distinguir sus facciones en la obscuridad. Se dicen ternezas y todo lo que piensan acerca de la sensación que las domina. Finalmente en el paroxismo de aquella momentánea locura, se besan, imitando la descripción del capítulo que las excitara con el relato de lo que desconocían... Una honda sensación las posee, tras el supremo desenfreno de las bestezuelas procreadoras, se desenlazan calenturientas, desmadejadas, asustadizas...

Josefina es la primera en reponerse, corriendo al baño donde se da una ducha. Cuando vuelve al cuarto, fresca y sonriente, nota que Margarita solloza sobre los cobertores distendidos y arrugados. Las lágrimas mojan los almohadones que su boca estruja[329] rabiosa, adolorida y asqueada[330]. Su linda cabecita rubia quisiera deshacer aquel recuerdo, igual que trituraba entre los dientes los encajes del fundón. Ella se destrozaría las carnes, desgarraría sus entrañas empequeñecidas ante su luminosa imaginación con el advenimiento de la bestialidad innata. ¿Podría ella destruir para siempre aquella mácula imaginativa, producto de la primera sensación de placer inconsciente y absoluto que le manchaba el espíritu de fango?...

---

328   Acicatar: incitar, estimular.
329   Estrujar: apretar fuerte.
330   Asqueado: disgustado, para dar asco o náusea.

Capítulo XII

Cecilia comienza a sentirse completamente feliz. Su sistema nervioso de artista célebre está templado en el crisol de los dolores, donde funde la vida el metal de los espíritus. Una paz interior ha tendido sus alas en el claro atardecer de su vida. Los dolores, las incertidumbres, las contrariedades, han huído de su vida a la llegada del otoño, que pretende recompensarla con el fruto de todo lo sufrido. Ama y es amada. Cuenta con un sencillo capital. Desea y satisface su deseo. Sueña y realiza su sueño, en tanto que comienza el invierno a preludiar su llegada oportunamente. Ella y Oscar serán dos felices viejecitos que a la lumbre de un amor diáfano y respetable, bendecirán la vida mientras llegue la muerte.

El mundo y sus luchas por la posesión del oro, del prestigio, o del nombre, para ellos ha de ser como la pantalla de un cinematógrafo. Cecilia entorna los párpados, suspira, toma un cigarrillo de una petaquera[331] de platino y oro verde donde lucen sus iniciales en esmalte azul, y al encender el compañero de divagaciones, cubre su rostro con el intáctil velillo del humo...

Oscar desde su biblioteca, junto a la mesa escritorio, siente el aguijón del capricho cada vez más fuerte, hacia la

---

331 Petaquera: cajita en la que se guardan los cigarrillos.

conquista perentoria de las graciosas jovencitas. Al contemplar por el espacio en claro que hay desde su mesa hasta la *chaise longue* donde está Cecilia, la placidez aristocrática de su compañera, aspira el aire con delectación que ensancha las ventanas de su nariz voluptuosa, y el enjambre de sofísticas ideas que atesora su nutrido cerebro, se desbanda en un vuelo optimista.

¡Qué absurdos le parecen los empeños que los humanos efectúan para complicar la existencia! Aquel tiempo ido en que para él también fué la vida difícil y obscura, estaba tan lejos, ¡tan lejos!...

El sonido de un piano delicadamente herido en sus teclas por los dedos de la rubia poetisa, llega hasta la habitación suya, y como si le pinchasen el alma con una inyección de morfina, experimenta un hondo placer ensoñador. El día está nublado. Un fuerte ventarrón[332] de lluvia flota por el vacío. El ramo de mariposas que luce el búcaro de su mesa despide un perfume enervante. Se levanta acercándose a Cecilia, le sacude los brazos tendidos al suelo, acariciándola impetuoso y carnal, absorbe los párpados de sus pupilas y muerde los labios ahítos revisando con un derroche de caricias el lóbulo de las orejas, los rizos de la nuca y el cauce del descote.

Por la tarde, terminada la lluvia torrencial, relumbrantes y limpios los árboles y las plantas, más perfumadas las flores y satisfechamente fresca la tierra bajo el arcoiris del espacio, Margarita sentada en el portal, confecciona un ramillete de madreselvas,[333] mariposas y galanes que colocará en el jarroncito de su tocador.

Oscar, asomado a la ventana de la biblioteca la mira de-

---

332   Ventarrón: ráfaga de viento.
333   Madreselva: planta trepadora con flores olorosas.

ambular por el jardín, encontrándola preciosa, su figurita menuda despliega un encanto vaporoso.

¿Cómo podría acercarse a su vida? ¿Cuántas sensaciones inexperimentadas disfrutaría conversando con aquella linda princesita? Ella levanta el rostro hacia la ventana del escritorio y le sorprende vestido con un pijama azul noche moteado de blanco, que le hace la tez más pálida, más rojos los labios gruesos y sensuales, más chispeante la mirada de sus ojos inquisitivos. Se saludan. A la delicada figulina le impresiona el aspecto de simpático *pierrot*[334] que tiene esa tarde vistiendo tal pijama, el celebrado escritor amante de una mujer famosa.

El periodista concibe una idea feliz: le mandará una novela célebre discretamente dedicada y con algunas acotaciones[335]. Poniendo en práctica su pensamiento, escoge de la biblioteca de Cecilia la *Modesta Mignon*, de Balzac[336], y en un pliego amarillo de papel timbrado[337] escribe:

> «Srta. Margot González Pérez.
> Bajo la impresión del cuadro que desde la ventana contemplo, me tomo la libertad de obsequiarla con este libro de Balzac, esperando que Vd. lo reciba sin justificado inconveniente.
> S. S. S.[338],
> Oscar de Fuenterrabía».

Desde su silla giratoria el escritor observa el recibimiento del tomo enviado. Ella, dejando la confección del ramillete, abre nerviosa el pliego y enterada le indica al doméstico que aguarde la respuesta. En un pliego azul que saca de un departamento[339] del *secreter,*[340] escribe:

---

334   *Pierrot*: payaso melancólico, personaje de la comedia dell'Arte italiano.
335   Acotación: apunte explicativo, generalmente los que se hacen en el margen de una obra literaria.
336   Honoré de Balzac (1799-1850), novelista prolífico del realismo francés, comparable al español Benito Pérez Galdós.
337   Papel timbrado: papel con el nombre del remitente impreso en relieve.
338   S.S.S.: «su seguro servidor» (fórmula protocolar).
339   Departamento: sección, parte o división (aquí: del escritorio).
340   *Secretaire*: (fr) mueble escritorio.

«Sr. Oscar de Fuenterrabía:
Es Vd. muy atento. Muchas gracias, y cuente con
la sincera admiración de su S., Margarita González Pérez.»

Aquella esquelita[341] la lee Oscar tan agradablemente
impresionado, que después de pasar la mirada varias veces
por las breves líneas, aspira el perfume del pliego rozando
sus labios con el papel que después extiende sobre las cartas
de una cajita de bronce que tiene su escritorio.

* * *

Ha pasado un mes. Durante los treinta días, descontan-
do solamente dos o tres, él ha logrado acompañar a la pequeña todas las tardes hasta la puerta de la oficina, como casualidad que a diario se repite. La torneadita Josefina se
transforma rápidamente en frívola y coqueta oficinista. De
grácil ingenio, la vida juguetea por sus linfáticas venas de
florecilla tropical. El escritor disfruta las prerrogativas pro-
porcionadas por el candor y la inexperiencia. La tarde pasada ella le ha manifestado mohína y recelosa, que mirando los libros de Margarita encontró uno dedicado por el
escritor. Agregándole que como ella no leía más que las crónicas de los periódicos y los cuentos de las revistas, cuando
no resultan largos, no quiso tomarse la molestia de leerla
aunque la curiosidad era mucha.

El trató de destruir todo recelo inspirándole confianza
con apreciaciones al alcance de aquel cerebro infantil. Le
dijo que la simpatía que su hermana le inspiraba era una
delicadeza para con los miembros de su familia, pero que la

---

341   Esquela: comunicación escrita sobre un papel pequeño o tarjeta.

poetisa, con su frialdad melancólica, le parecía muy afectada y vanidosa, y que si le mandaba libros era por halagar su amor propio de literata en preparación.

La verdad era que todas las tardes le daba a leer la crónica diaria de su seccción periodística dedicada in mente a la joven poetisa. Y que después de *Modesta Mignon* le tocó turno a *La pródiga*, de Alarcón, *Entre naranjos,* de Blasco Ibáñez, *Manon Lescaut,* del Abate Prévost, *La dulzura de vivir*, de Marcela Tyner y *La altísima*, de Trigo [342]. Esta última iba dedicada para disculpar el realismo de la obra. La dedicatoria decía: «Realista y descarnada, pero sublime y bella como el alma de las cosas»...

¡La táctica del seductor consistía en ir despertando con ayuda de los libros, la natural exaltación de la joven artista!

Algunos días después, una tarde nublada, encontrándose Oscar en el camino con Josefina, la persuade para que ocupe su puesto del automóvil, pues caen menudas gotas de lluvia y amenaza el cielo un chaparrón.

Efectivamente, antes de llegar al Paradero de los tranvías la llovizna transforma en aguacero torrencial, y para que no penetre por las ventanas del carruaje, el chaufeur tiende los tapacetes, quedando el escritor y la joven juntos en la penumbra deliciosa del vehículo. Oscar pasa el brazo por los hombros de Josefina, y el aire de su voz sacude los rizos de la frente virginal. Riega junto al oído dulces palabras que explican razones convincentes. Le cuenta casos análogos. Las pocas o ninguna consecuencias que traen tales amores en boga y muy del siglo presente, y los muchos placeres y satisfacciones que pueden gozar sin escrúpulos. Josefina es atraída con el lazo de una charla emocional y se-

---

342   Pedro Antonio de Alarcón (1833-1891), novelista costumbrista español; Vicente Blasco Ibáñez (1867-1928), novelista del naturalismo español; l'Abbé Prévost (Antoine François Prévost, 1697-1763), novelista francés cuya novela mencionada causó gran escándalo; Marcela Tyner (ver nota 218); Felipe Trigo (1864-1916), novelista español de melodramas eróticos.

ductora. La voz le acaricia las mejillas estremeciendo sus nervios. El brazo le aprisiona la cintura y al fin, tras un estremecimiento involuntario, entorna los párpados dejando que el escritor en acecho imprima su boca sobre la seductora boquita palpitante, atrayendo el cuerpo de la virgen desmadejada por el beso primero, hacia la concha de su tórax encorvado sobre aquel busto que acaricia y estruja. El elegante *canotier*[343] rueda hasta un rincón del asiento y él, con una de sus manos entre los cabellos del capullo incitante, le dice ebrio de amoroso deseo, cómo una tarde la contempló desnuda, y cómo desde aquel instante siempre estuvo hambriento de su carne sedeña y de su cabecita de cabellos largos...

Desde ese tardecer lluvioso la pequeña Josefina quedó convertida en amante del escritor. Y como dijo Bécquer [344]:

Se unieron los crepúsculos y fue...

---

343   *Canotier*: sombrero de paja.
344   Gustavo Adolfo Bécquer (1836-1870), poeta, pintor y escritor de leyendas español, pos-romántico.

Capítulo XIII

Cecilia descifraba una vez más al macho encubierto de vanidad, egoísmo y astucia, en el fondo, siempre el macho. Y más valía siquiera el macho así, que las otras degeneraciones de la especie masculina, en que debido a la atrofia de la hombruna acometividad[345] se manifiestan timideces y sensibilidades tiernas, que atraen y sugestionan con un lazo enfermizo y diabólico a las eternas ingenuas del amor, a la hembra sensible y perfecta en su condición de abastecedora[346] de la especie, y robustecedora del germen y el ser. Ella, mujer fisiológica y espiritualmente perfecta, era para las pasiones como un rosal para las lluvias: tras de cada aguacero un desdoblamiento de las ramas, una limpieza de las hojas, un deshoje de florecillas mustias, y el nuevo retoñar y florecer bajo la comba[347] opalescente del infinito triunfal. Jamás había vendido su cuerpo a una caricia pagada, nunca una frase de ternura para un deseo interesado. Era la aristócrata del amor. Todo lo daba espontáneamente. Tal inmenso tesoro de ternuras y placeres poseían su espíritu y su cuerpo, que pudo darle a muchos lo que otras difícilmente alcanzan a darle a uno solo.

Mas el rosal de su vida había llegado a la postrera floración, y un hermoso y humano egoísmo al notar la tormen-

---

345   Acometividad: energía, fuerza.
346   Abastecedora: la que provee.
347   Comba: arco.

ta que destruiría sus capullos más preciosos, fructificó en el cerebro de aquella mujer famosa.

Y desde aquel instante sólo tuvo una idea y un deseo: llevarse tras la derrota del follaje florido, las plumas del azul pájaro que moriría en sus ramas. Y ambos, bajo el atardecer sangriento y apacible, desaparecerían. Ante las pupilas de sus razonamientos, el mundo del amor presentábalo para las mujeres privilegiadas y superiores, bajo el aspecto simbólico de un bosque milenario donde los hombres fueran pinos y las mujeres rosaledas. Mas un día los pinos comenzaron a sentirse perforados por el insecto de los vicios, y los rosales, no cubiertos de los rayos calcinantes con la sombrilla del ramaje varonil, fuéronse transformando de arbustos en plantas trepadoras y parásitas, que sujetas a los carcomidos troncos imploran el palio de las ramas.

Así fué la mujer un parásito del hombre que necesitaba el dinero adquirido por él, la posición y el apellido.

Cecilia había deshecho en su vida el fatal maleficio. Ella había cimentado un nombre glorioso, recopilando un capital con el producto de su labor artística, disfrutaba la deseable posición de mujer célebre, hija predilecta de su siglo. ¿Para qué pues el hombre en su vida? Para complemento y adorno de la naturaleza.

Cecilia había realizado el milagro de tornar al puesto que la mujer tuvo designado por la naturaleza. No era una parásita, no era una orquídea: era un ser con vida propia, era una encarnada y fragante rosa de los bosques modernos, desprovistos de [348] ruiseñores y tigres, habitados por gorilas y serpientes.

Esto reflexiona la danzarina junto a la ventana donde

---

348   Desprovisto de: sin, que no tiene.

despiden su perfume los jazmines, y los gorriones alegremente revuelan y pían.

El sol se oculta bajo la tarde lluviosa, igual que un áureo disco tras los tizones de una fragua que se va consumiendo. Cecilia, con los ojos desfigurados por el llanto, reflexiona bajo la embriaguez de un dolor moral atolondrante. Ha descubierto las traiciones del amado. Sangra el alma por una herida vieja que a cada nuevo dolor se recrudece más punzante y honda. El dolor es para ella un viejo camarada que antaño la hería para encumbrarla y hogaño [349] para destruirla. Pero es un buen camarada lleno de altiva nobleza que jamás ha permitido se relaje a los plebeyos convencionalismos de espíritus débiles. Su dolor es un regio monarca dadivoso en energías morales. Hiere como el labrador la tierra para echar la semilla. Su dolor es un gran señor filósofo y sentimental.

Cecilia ha descubierto el hilo de la traición por una carta de Margarita que ha llegado a sus manos al no encontrarse Oscar en la casa cuando la enviara. Cuenta en ella la rubia poetisa el altercado que tuvo con su hermana y la confesión de Josefina, proclamándole cínicamente sus amores.

La pequeña se iba con la hermana viuda, pretextando ante su madre las inconveniencias de tantos viajes que la tenían enferma. Y Margarita, deslumbrada por tal monstruosidad del hombre amado le pedía explicación de todo aquel drama horrible, después de una noche sin dormir, durante la cual juró abofetearle [350] con el olvido, y sólo tuvo fuerzas para escribir cuando amanecía aquella carta ingenua, dolorosa y triste.

---

349 Antaño: en años atrás; «hogaño»: hoy.
350 Abofetear: dar «bofetadas», golpear el rostro con la mano abierta.

* * *

Recordando Cecilia toda su carrera de dolores y triunfos llega mentalmente hasta los umbrales del último capítulo vivido, el más hondo y el más delicado por ser el definitivo. Oscar, su hombre, su ternura y su Dios, aparece deshecho a sus plantas como un ídolo de biscuit[351], al suelo tirado por el vendaval[352] de las realidades. Y ella ¿seguiría siendo una dadivosa princesa del amor? No. Que la vejez asoma, y en el invierno de la belleza cuando no existen los lazos de los hijos, el amor es ridículo y pequeño. Por aquel cerebro de mujer privilegiada revolvíase una idea pertinaz que iba creciendo como una condensada nebulosa, sugestionante al extremo de anular sus reflexiones conservadoras. Miró largo rato el espacio, abstraída y doliente, poseída por la horrible nostalgia de lo soñado y no tenido para ya jamás poder tenerlo. Sintió un fuerte pinchazo en el alma, una laxitud material, un desmadejamiento de los nervios, una pequeña sacudida en el fondo de las entrañas rotas. Nuevamente las invisibles manos del dolor le estrujaban el espíritu y el jugo del desencanto le amargaba la boca nublándole los ojos. Un desbordamiento de lágrimas hubo por sus mejillas ardorosas, del pecho se escaparon los sollozos, mordióse los brazos en un espasmo de histerismo destructor. Su alma, que sacudía despiadada la revelación agotadora, suplicó al vacío paz, honda paz interior, descanso absoluto, sueño eterno. El cuerpo, la materia, marchita y

---

351 Biscuit: fabricado de cerámica.
352 Vendaval: viento fuerte.

adolorida quiso sentir el soplo helado y consolador de la muerte, pero de una muerte sin putrefacción, que fuese como si al conjuro de un ultraterreno mandato, el cuerpo que mutilarían los años volara transformado en una pluma, en una nube, en un giro de aire.

Unas manos frías descienden sobre su cabeza hasta los párpados enrojecidos, ella lanza un grito agudo, sintiendo que su vida vacila como una lámpara ante un imprevisto soplo de aire. Es Oscar quien estrechándola entre sus hercúleos brazos, toda desmadejada y palpitante, la mece para reanimarla diciéndole:

—Cecilia, mujercita mía, ¿te has asustado, gatita de mi alma? ¿Qué te pasa, mi vida? ¿Por qué estabas llorando? ¿Qué tú tienes princesita rubia, qué tiene mi linda, mi dulce compañera, mi suave mujercita querida, qué tienes gatita? Dime, anda, háblame...

El crepúsculo ha terminado. La noche comienza. Todo es obscuridad constelada de imprecisas, pálidas, parpadeantes estrellas. Horas después, ella, en el distendido lecho de su alcoba a obscuras, abre los ojos y contempla dormido sobre los encajes de su camisa la despeinada cabeza del adorado. Y la nebulosa que flotara por su imaginación, se condensó en un astro. Y la idea del suicidio fué agigantándose [353] a través de todos los razonamientos, hasta poseerla con una obsesión avasalladora.

Con los párpados tendidos, los labios entreabiertos, la piel lustrosa y el cabello enmarañado [354] le parece tan deseable Oscar, que su egoísmo de hembra en celo pide venganza para todo aquel aquelarre de revelaciones, que al herirla destrozan su tranquilidad. Este hombre tan amado, ídolo

---

353   Agitantarse: hacerse muy grande, gigantesco.
354   Enmarañado: desordenado, enredado o confundido.

de su vida, a cuyos pies puso ella todo lo que tenía: la belleza, la gracia, la gloria, el dinero, no le pertenecía, no era suyo; ¿no lo sería jamás? Sí, la muerte dignifica, eleva y enlaza lo que la vida, con sus obstáculos unas veces absurdos y otras veces humanos, empequeñece, deprime y separa. Moriremos juntos, pensó. Su vida es lo único que me pertenece, puesto que puedo quitársela cuando quiera. Puedo conservarla o destruirla. Cuando se regala magnánimamente la vida espiritual, bien podemos exigir la material si se nos engaña, demostrándonos que es aceptada. —Sí, irá Oscar con ella a la tumba—, repite su obsesión. Y bajo la voluptuosidad mental del fúnebre pensamiento, vase quedando dormida.

A la mañana siguiente Cecilia sale de compras. De regreso a la hora de almorzar encuentra a su señor tan cariñoso y delicado como al principio de la reconciliación.

El desea dar con ella un viaje de recreo, quiere editar en Europa la última novela, descansará un poco de la monótona labor del periodista, necesita una tregua intelectual que le sentaría muy bien, experimenta cansancios mentales y teme por su salud física. Le convendría estar fuerte y bien preparado para los próximos comicios electorales, pues piensa postularse, trabajar desde New York una candidatura de representante. Venir cuando ya estuviese arado el terreno para sembrar, cortando rápidamente. Cecilia escucha sonriendo vagamente, los labios enfebrecidos, la vista escrutadora y felina, los ojos chispeantes, agitando nerviosa las alillas de su nariz infantil.

Cuando Oscar toma la copa del vino llevándola hasta los labios locuaz y sonriente, un temblor visible sacude la médula de Cecilia, entorna los ojos como si tuviera un vértigo, suspira largamente y al fijar sus pupilas en los ojos del amante lleva también hasta sus labios el resto del envenenado licor.

* * *

Toda la tarde estuvo fuera de casa el periodista. Había ido a ver a Josefina. Este sano capullo de juventud ardorosa, acicateada por las caricias embrujantes de su primer amor, un día le pidió, enloquecida por el deseo, la posesión absoluta, quería pertenecerle toda. Y Oscar, atraído por la virginidad y el acicate del placer, la poseyó toda, con ansias indescriptibles y en un paroxismo de la carne agotada bajo el fuego de un amor a flor de piel, sin ensueños ni tristezas. Los espíritus difuminábanse ante la sensación sublime, y la moral de todos los convencionalismos desapareció cuando la bestia humana blandía su látigo excitando los cuerpos y nublando las almas. El deseo de la procreación, sublimizado y extendido por el hombre que exprime toda la intensidad de los sentidos corporales, extirpando con el placer la voz de la moral, fué la malla dolorosa que los envolvió con sus delicias. Pero la virgen destrozada en las llamas de la voluptuosidad, convertida desde aquel instante en hembra insaciable y apetitosa, tanto le hizo gozar al novelista que durante unos meses resultó pequeño y vacío para Cecilia.

Luego la maternidad en la niña mujer y el descubrimiento de todo por la mujer nuevamente infantil bajo la dulce aureola de su última pasión, hizo que Oscar tornando a Cecilia, se olvidara de Josefina. La jovencita sufrió mucho, deslumbrada con el estallido de su carne avara del hombre iniciador, padre del ser oculto en aquellas hermosas entrañas de ardorosa adolescente. Así aquel día cuando le notara displicente y cansado, tuvo el presentimento de cómo iba a odiarle. Procuraba el seductor convencerla del peligro que a su reputación de joven casadera, hija de familia conocida y honorable, amenazaba con el crecimiento del vientre hasta la hora definitiva del alumbramiento. Ella, rota y adolorida, se dejó convencer aceptando el ir a casa de una comadrona, quien la instruiría, salvándola del escándalo.

Capítulo XIV

Esa noche se dará un gran baile en el Casino de la Playa. Cecilia, desplegando una vivacidad enfermiza que la rejuvenece, frente a su tocadorcito precioso se hace el tocado. Es lindo y original aquel mueble donde el rostro se retrata. Construido con sándalos y varillitas de plata, la luna[355] biselada[356] se mece entre los encajes chantilly crudo, con lacitos Luis XV de terciopelo azul pálido. Envuelta en un kimono color violeta, bordado en sedas de colores y con hilos de oro flamencos y lirios, prepara las combinaciones de luces que tiene aquel espejo favorito en los laterales que lo sostienen. Los brazos de plata muestran un ramillete de uvas verdes que brillan a cada lado de la luna central.

Desde la *chaise longue*, situada frente a la ventana, Oscar observa cómo Cecilia se hace la *toilette*. Destrenzando el cabello le va colocando artísticamente sobre la cabeza para formar el moño como una castañuela, mientras las peineticas de distintos colores, verdes, rojas y negras, lucen sobre los bandós[357] que en ondas caen junto a las mejillas, por encima del ricillo[358] dorado que adhiere a la piel en forma de interrogación. Luego coloca detrás del moño una peineta de teja verde con clavellinas rojas por todo el enrejado. Y des-

---

355 Luna: cristal del espejo.
356 Biselada: con el borde rebajado.
357 Bandó: del francés *bandeau* que refiere a una cinta en los cabellos.
358 Ricillo: dim. de rizo: mechón de pelo en forma de bucle.

pués pasa la mota de avestruz [359] sobre la fina epidermis del cuello, donde queda la capa de polvos perfumados, obscurece las cejas con el pincel, dos cejas largas y arqueadas en forma de pluma, profundiza con el lápiz azul el borde de las pestañas, deja las mejillas sin arrebol[360], empalidecidas y aterciopeladas, acentúa con otro pincel mojado en un perfume rojo, los arcos de la boca, y en las descubiertas orejitas engancha dos argollas de brillantes con un rubí colgando al centro. Despréndese el kimono, echándolo sobre un diván, y aparece vistiendo una camisa muy corta, de seda lila con puntillas inglesas y cintas rosado muy tierno. Frente del guardarropa se sujeta el busto con un justillo de sedeños encajes y cíñese a la cintura una faja de brocado lila. Descalzadas las zapatillas que lucen los tacones incrustados de ágatas, topacios y granates, cubre sus piernas venusinas con medias que transparentan la piel, colocándose los zapatos de raso negro trenzados hasta el tobillo con redondas hebillas de perlas. Una enagua de tupidos vuelos hecha de una cretona *moiré* fondo azul noche y flores encarnadas, azules, amarillas y blancas, cae formando cola desde su cintura al suelo. La chaquetilla de charmeuse negro luce claveles pintados por un gran pintor amigo. La corta manteleta amarilla cubre las morbideces del escote y en su cuello prende seis vueltas de piedras preciosas, una de esmeraldas, otra de topacios, amatistas, ópalos, diamantes, zafiros y rubíes, que en hilos de gotas brillantes rutilan[361] sobre la epidermis nacarada. En los brazos también coloca pulseras originales, tres aros[362] de diamantes y tres aros de perlas, y al derecho ciñe una serpiente de esmalte con los ojos de esmeralda y la lengua de rubí. Por los dedos coloca una amatista circundada

---

359   Mota de avestruz: aplicador de polvo de maquillaje hecho con pluma de esta ave.

360   Arrebol: color rojo de las nubes iluminadas por el sol; dícese del color de las mejillas.

361   Rutilar: brillar.

362   Aro: círculo.

de diamantes, un granate y una turquesa unidos, y en el anular de la izquierda dos brillantes fastuosos[363] rutilando junto a una perla rosa.

Cuando toma de un estuche el *pericón*[364] de carey[365] con un paisaje de Goya, Oscar, hasta ese momento extasiado ante los modales exquisitos de su dueña, rompe el éxtasis que le poseía y abrazándola delicadamente la dice:

—¡Qué linda te has puesto, mi princesa gitana!

—¿No es verdad que luce mucho este disfraz de la España del mil setecientos cuarenta?

—Idealizado por ti, mucho, mujercita mía.

Cecilia levanta sus brazos al aire haciendo repiquetear sus dedos mientras tarareando baila un tango, de improviso agarra el brazo del amante y éste haciéndole una caricia en la nuca observa que Cecilia se desmaya, curvándose hasta el suelo como si estuviera rota por la cintura.

Asustado la coloca sobre la *chaise longue* y corre al tocador para empapar[366] en Colonia el pañuelo; un desvanecimiento de cabeza nubla también su vista, y al aprisionar el frasco siente las manos engarrotadas, haciendo un gesto de valor llévase la Colonia al olfato aspirando ampliamente, deshecho gracias al espíritu del alcohol, el síncope inesperado, acude hasta Cecilia mojándole la frente y las muñecas; ella repuesta del desmayo, mira con dilatados ojos las desencajadas ojeras del amante.

—¿Qué ha sido esto, mi vida?

—¡No sé!

—Mira si nos compenetramos y si somos el uno para el otro: has tenido un síncope y del susto casi me desmayo. ¿Ves como nos queremos, mujercita mía?

---

363   Fastuoso: lujoso.
364   Pericón: modelo de abanico grande, en este caso de carey y tela pintada.
365   Carey: materia córnea que se obtiene de la caparazón de ciertas tortugas de mar.
366   Empapar: mojar en su totalidad, mucho.

Por los labios de la burlada deslízase una sonrisa iróni-
ca y cruel, un rictus [367] doloroso pliega la comisura de sus labios. Arreglándose una vez más el rostro vuelve a colocar-
se la peineta en el moño y envolviéndose con la capa de
terciopelo violeta, le indica a Oscar que tome su chistera [368],
los guantes y el gabán, dirigiéndose al automóvil que les
aguarda.

* * *

A lo lejos de la carretera ven desde el carruaje el edificio del Casino situado en la Playa. Esa noche de fiesta lucen
los jardines una iluminación *a giorno* que desde lejos presta las apariencias de un polícromo fuego artificial.

Cecilia luce tan linda y esplendorosa, que resulta el blanco [369] de todos los elogios y las admiraciones.

Le otorgan el primer premio de trajes. Cuando el automóvil les deja en el pórtico de la entrada donde la Venus de
Médicis cubre sus pudores ante la fuente luminosa, dos filas de *gentlemen*, que reciben a los invitados, prorrumpie-
ron en elogios a la danzarina. El salón ostenta un lindo atavío florestal, por las columnatas cuelgan las guirnaldas de
rosas purpurinas entre follaje de musgos y espárragos. El
estuco fresa de las paredes luce los *panneaus* característicos
al baile: una feria en Sevilla bajo los parrales; una corrida
de toros donde las madrileñas ríen bajo los madroños o las
blondas de la característica mantilla; un merendero [370] en
tiempos del rey majo, lleno de chisperos y manolas [371]. Las
mesas ostentan orladas de gardenias y orquídeas los man-
teles de encajes. Las lámparas prestan una luz tamizada [372]

---

367   Rictus: mueca involuntaria.
368   Chistera: sombrero de copa; galera.
369   Resultar el blanco: ser el destinatario (se dice de un objeto sobre el cual se
      dispara un arma).
370   Merendero: un tipo de restaurán popular.
371   Chisperos y manolas: tipos de las clases populares de Madrid.
372   Tamizar: filtrar a través de un lienzo.

por las pantallas de cristal verde o rojo. La orquesta suena sus platillos, címbalos, tambores y cornetines. En la terraza, entre laureles enanos enlazados con guirnaldas de rosas, cuelgan farolitos japoneses, todo ello armonizado por la fuente alabastrina de donde saltan al espacio los chorros del agua murmurante unas veces azul, otras rosada, verde lila o anaranjada.

Rompiendo la severa monotonía de los fracs, las mujeres lucen sus disfraces costosísimos. Manolas, majas, gitanas, chulas, chisperas y contrabandistas [373] de bocas rojas y pupilas brillantes. La belleza, el esplendor y el buen gusto reinan aquella noche de fantasía.

Cecilia reúne junto a su mesa lo más distinguido y selecto de la sociedad masculina. Los hombres la contemplan y admiran golosos. Las mujeres estudian sus ademanes [374] artísticos discutiendo la elegancia exótica y el refinado lujo de aquella mujer bellísima.

Los ceremoniosos miembros del jurado brindan en honor de aquella belleza triunfadora espumante champagne.

Oscar saborea una deliciosa satisfacción. Así pasan las horas. De madrugada, junto a la ruleta, Cecilia juega cantidades fuertes; Oscar quiere alejarla del peligro, pero ella, voluntariosa y extraña, va perdiendo voluptuosamente enloquecida todo el efectivo que guarda en los bancos principales. Frenético pasea el periodista por la terraza donde los farolillos, cuando la aurora confunde sus tintes con los de las aguas luminosas, comienzan a palidecer. El sol asciende rojo del piélago [375] plateado.

Durante aquella noche frívolamente ha consumido Cecilia su capital disponible.

---

373   Manolas, majas, gitanas, chulas, chisperas, contrabandistas: 'tipos' populares de España.
374   Ademán: gesto que indica un estado de ánimo.
375   Piélago: parte del mar que queda lejos de la tierra.

116

Capítulo XV

Es una mañana del mes de noviembre. Un aire cortante flota bajo el nublado espacio. El sol vierte sobre las cosas una luz débil. Los árboles amarillentos. La tierra tan pronto crepita[376] endurecida por el ábrego[377] invernal, como suspirando una bruma densa tiende un velo de melancolía sobre los edificios, las calles y paseos, desteñidos[378] con la lluvia petulante que precursora el invierno.

Josefina, la torneadita muñeca de diez y seis años, acaba de vestirse precipitadamente por la alcoba en tinieblas, para ir a encontrarse con su amado que ansioso la aguarda. Los cuatro meses de pasión carnal desfilaron ante la alcoba de una casa que tiene la misión de amparar tales amores. Casa escondida en una calleja que desemboca al Malecón o Avenida del Golfo.

Las ocho dan las campanas de la Iglesia del Angel, cuando Josefina tiritando toca el timbre de la vivienda prohibida. Una mulata envuelta en un kimono chillón[379], le abre sonriendo con pícara bondad. La niña mujer y madre también sonríe entornando los párpados obscurecidos por el embarazo y la pena, contraída la boca blanquecina.

—¿El señor ha llegado?

---

376   Crepitar: producir sonidos repetidos, rápidos y secos.
377   Abrego: viento templado que trae lluvias.
378   Desteñir: quitar el tinte; borrar los colores.
379   Chillón: sonido (aquí: color) agudo y desagradable; escandaloso.

—Sí. Hace rato que la espera en su habitación.

Sin una palabra más, huyendo de la Celestina sube las escaleras hasta el departamento donde la aguarda el hombre que tanto ama y aborrece.

—¡Mi Josefina! –le dice Oscar estrechándola entre sus brazos.

Ella trasponiendo el umbral [380] avanza en la penumbra casi a ciegas, temblando azogada por el frío, la emoción y el dolor agudo que la carcome, desde que Oscar le indicara la manera fácil de extirpar aquel hijo adherido a sus entrañas de madrecita.

—¿Has pensado bien nuestro asunto, mi linda chiquilla?

—Sí. He pensado mucho. ¿Cuándo quieres hacer eso?

—Mañana. Despójate de todo temor. Es una cosa sencillísima que te librará de muchas amarguras y tristezas. Yo no tengo derecho a deshacer tu porvenir, tu juventud y tu apellido. Te quiero demasiado para despreocuparme de tan comprometedora situación. Si la ciencia ha resuelto un problema transcendental, ¿por qué voy a permitir que tú naufragues [381] en plena juventud? ¡Josefina, Josefina, qué poco me comprendes! ¡Yo te he querido mucho, muñeca mía!...

Con esta última exclamación atrae hasta su pecho a la pequeña madre que estruja entre sus brazos, mientras le besa los ojos llenos de lágrimas dolorosas. ¡La niña mujer sufre mucho, mucho!

El procura reanimarla, convencerla. Ella, deshecha por la revelación de la verdad, agotada por el látigo de un dolor punzante que le hiere las entrañas, llora y llora.

Así que pasa el espasmo conmovedor que aniquila su al-

---

380 Umbral: parte inferior del marco de una puerta, entrada.
381 Naufragues (fig.): de naufragar: hundirse con un barco.

terado sistema nervioso, se lava el rostro, peina los cabellos y escucha resignada las indicaciones del amante, mirando por la ventana entreabierta el piélago encrespadísimo[382] y gris, donde navega un barquichuelo dando tumbos.

—Tomarás esta noche un purgante[383], mañana en el almuerzo caldo con dos yemas y buen Jerez, a las cuatro de la tarde yo te aguardo en una máquina al doblar de tu casa. Iremos juntos a ver la comadrona que respondiendo por tu vida te preparará para el aborto.

* * *

Durante la noche ha llovido copiosamente. Josefina en su lecho de virgen no logra conciliar el sueño. Un enjambre de incertidumbres, angustias y temores le picotean el cerebro y las entrañas, mientras transcurren las horas dedicadas al reposo.

Ella querría esconder su cuerpo en algún rincón de la tierra donde nadie le impidiese conservar el fruto de sus entrañas, que seguramente sería muy bello, siendo ella bonita y Oscar un buen mozo; ¡con qué amorosa ternura cuidaría aquel hijito pequeñín! ¡Cuántos besos, cuántos halagos, cuántas ternezas dedicadas al fruto de su amor y de su ser!...

¿Y el escándalo, y la familia, y la sociedad? ¿Y por qué Oscar, si la amaba, si era feliz a su lado, si su sangre varonil convertida en germen de amor allá en lo hondo de las entrañas en un hijo, no lo posponía todo al nacimiento de ese retoño de ambos?

Bajo este aquelarre de pensamientos encontrados, la infantil Josefina deshilvana los tesoros de su ingenuidad. ¡Po-

---

382 Encrespado: muy revuelto.
383 Purgante: sustancia que se toma para vaciar los intestinos.

brecita niña incauta que supo amar ampliamente, seducida por la carne y el fuego de su lozana juventud!

El día es nublado y lluvioso. A las cuatro de la tarde, Josefina guiada por Oscar se deja conducir hasta un callejón de los suburbios, frente a una puerta de escalerilla, tiznada[384] con la pátina mugrosa[385] de los años. El escritor tira de la aldaba. Una mujer delgadísima y seca, que tiene aspecto de tuberculosa en el último período, abre y les saluda, invitándoles a que pasen al interior.

Josefina, la mirada recelosa, los latidos del corazón apresuradamente subiendo hasta su garganta, siéntase en un balance por el estrado vacío de la sala, cuyo moblaje presta hostilidad acogedora. Oscar, muy nervioso ensimismado, siéntase frente a la ingenua chiquilla que tiembla de frío; la parte inferior de su rostro, junto a la linda boca provocante se tiñe de un reflejo azulado, y la piel lustrosa luce[386] menudas gotas de sudor sobre la frente mientras involuntario castañeteo hace bailotear su dentadura.

Aparece la comadrona, alta, gruesa entrada en años. Sonríe picarescamente a Oscar, quien deseando ser fino la mira hosco y cortés. La infanticida de niños embrionarios habla con la doliente joven procurando reanimarla; celebra sus lunares, su boca, sus ojos parleros, la blancura del cutis y la elegancia de sus manos.

Josefina, molesta, le indica al amante con los ojos cuándo comienza el martirologio inquisidor. La astuta mujer comprende, y con fingida zalamería cruza el brazo por el hombro de la niña madre, para conducirla hasta la alcoba del crimen. Josefina se yergue altiva. Camina con decisión hasta el dormitorio de la pécora[387], donde sobre una ancha

---

384   Tiznar: manchar.
385   Mugroso: lleno de mugre, sucio.
386   Lucir: exhibir.
387   Pécora: persona astuta y viciosa; prostituta.

cama que toca el techo con sus cornisas de madera frente a una ventana cubiertos los cristales por cortinillas de nansú[388], la comadrona le indica se acueste boca arriba sin escrúpulos ni miedo, horizontalmente tendida a lo ancho de aquel lecho inquisidor.

—Voy a reconocerte, ¿sabes? Ahora sólo voy a reconocerte para ver como estás.

Una oleada de verguenza tiñe el rostro de la chiquilla tan inicuamente castigada en su precocidad sexual.

La mujerona, aquella de voz rajada, rubios cabellos teñidos, dientes postizos y apergaminada piel llena de afeites, levanta las faldas sin escrúpulos, gozándose ante el asombro de la tiritante mujercita.

—Sube las piernas –le dice quitándole de un tirón los descotados zapatos. Josefina obedece molesta, repugnada.

—Abre, abre tus piernas, hijita. No tengas escrúpulos, que todas las mujeres somos iguales y yo estoy cansada de ver esto que tanto te avergüenza. Todos los días registro a muchas, así es que pierde escrúpulos. Yo ni te veo ni sé quien eres; ¿sabes? Los médicos y las comadronas no le concedemos importancia a este rincón que tú quieres ocultarme. Bueno, si continúas con las piernas contraídas te voy a lastimar sin querer. Vamos, no seas tonta. Estate quieta.

Por los ojos de Josefina ruedan dos lágrimas, muérdese la lengua, sus pupilas no ven bajo los párpados engurruñados[389], con la imaginación sumergida en un caos de ideas imprecisas, se deja hacer lo que la pécora quiera.

—¡Qué linda piel tienes, chica! ¡Pareces de marfil! ¡Qué bien formados los músculos! Buenos tejidos tienes, hijita, ¡qué bien preparada estás para ser madre! ¡Cuidado si

---

388 Nansú: tela blanca de algodón, usada para ropa fina.
389 Engurruñado: entristecido.

estaba crecido el feto este, iba a ser un muchachón enorme!...

Hablando así le introduce por el sitio conveniente el mefistofélico aparato, creado para salvar mujeres y destruir criaturas.

La joven experimenta un dolor desconsolado en sus entrañas, una profunda contracción, el dolor crece, crece al pinchazo que le quita las fuerzas, convirtiéndola en un ser indefenso. La dolorosa contracción le hace lanzar débiles quejidos hasta el lastimoso grito final. Sus piernas tiemblan como si quisieran desprenderse del cuerpo, una gota de sangre tiñe la almohada puesta bajo la cintura. El sacrificio se consuma. Josefina, al levantarse siente un ligero síncope, los objetos vanse borrando a su alrededor, procura ocultar su cobardía, y avanza hasta la sala donde está el padre canallesco[390] en la dolorosa actitud de consciente criminal. La jovencita cuando cruza la mampara[391] divisoria, cae sin sentido sobre una butaca.

Cuando viene a darse cuenta exacta de todo, está en la esquina de su casa. Oscar la besa en los ojos con un fingido gesto de ternísimo dolor. Ella le agarra las manos en un arrebato de suprema desesperación exclamando:

—¿Qué has hecho de mí, Oscar? ¡Tu engaño me costará la vida!

El siente un sacudimiento interior, parécele que despierta de una pesadilla abrumante y que la realidad es más aplastadora. ¿Aquella virgencita graciosa, ingenua y alegre, poseedora de un apellido prestigioso, hija de familia honorable, él en su egoísmo la había tal vez asesinado, hiriendo lo más íntimo de sus tiernas entrañas? Un horror instantá-

---

390　Canallesco: como canalla, ruin.
391　Mampara: panel móvil de vidrio o madera.

neo invade a este espíritu egoísta, ofuscando el cerebro. ¿Se moriría del lance aquella muñeca de amor? Y él era el asesino. Todo el mundo lo sabría. El escándalo avecinábase[392] inesquivable.[393] Y Cecilia cuando lo supiera, ¿cómo procedería? –se pregunta en un retorcimiento angustioso, individual. Sufre, no por los dolores y sufrimientos de la inocente víctima, sí al imaginar las consecuencias que tantas diabluras pueden verter sobre su nombre y reputación de atildado[394] caballero a la moda.

Sacando fuerza de flaquezas impónese a sí mismo dominio absoluto en el peligroso lance, y acariciando las heladas manecitas de la madre deshecha, le dice quedamente:

—Mi amor, mi linda chiquilla, yo sufro en este instante lo mismo que tú estás sufriendo. Un dolor agudo me ha rasgado las entrañas al hacerme tú esa pregunta de inocente miedosa. No te pasará nada. Yo te lo aseguro. ¡Son tantas las mujeres que hacen lo mismo y por ahí andan buenas y sanas, alegres y bonitas! ¡Mi Josefina dulce y buena, tan miedosita desde que se sintió madre!

Y los ojos del escritor cuando exclama estas últimas palabras con un dejo de ternura suave, quedan empañados por unos lagrimones de terror.

Josefina, sugestionada por la actitud del cobarde parricida[395], esconde su rostro demacrado en el pecho del hombre que acaba de herir las carnes interiores, para evitar un retoño de su ser depravadísimo.

—¿Y esto qué cosa es?–pregunta la niña destrozada al seductor criminal.

—Este paquete se compone de todo lo necesario para el acontecimiento que será esta noche a las doce. En un papel

---

392   Avecinábase: se acercaba.
393   Inesquivable: inevitable.
394   Atildado: pulcro, elegante.
395   Parricida: ya que se trata de la muerte de un hijo, la autora querrá decir *filicida*.

van escritas las explicaciones necesarias. Si las cumples al pie de la letra, nada tienes que temer, y dentro de unos días, ya repuesta y alegre tornaremos a vivir nuestro idilio pasional, procurando entonces que no surjan complicaciones tan crueles y dolorosas. Toma este palco para que tu hermana vaya esta noche al teatro. Dile que tienes el dolor menstrual que te impide acompañarla. El palco es obsequio de un joven periodista que trabaja en tu oficina. ¿Estás, muñeca mía?[396] Yo iré a eso de las diez. Tú me avisarás desde el balcón si puedo subir a verte y darte ánimo. ¡Mi muñeca de carne y hueso, qué horas de angustias indescriptibles me aguardan! ¡Sábelo, mi vida está pendiente de la tuya, hacia donde osciles, oscilaré! ¡Hasta luego, pedazo mío, muñequita de mi alma!...

Josefina, sonambulesca, autómata de aquel hombre dominador, se dirige a su casa caminando de prisa, en una mano el paquete que puede comprometerla y en la bolsa el palco bendecido. —¡Qué bien precave todo su adorado! –piensa, y las piernas oscilan temblorosas ante la puerta de la casa donde vive su hermana viuda con dos lindos chiquitines. Estos han ido de paseo, la hermana está en el baño haciéndose los preliminares de su cuidadosa *toilette*. A las ocho y media parte con dos amigas para el teatro. Josefina, agotada por la comedia que representa, se entrega por entero a su dolor. Dando lastimosos quejidos muy opacos, para no despertar a los pequeños durmientes, dirígese al balcón; Oscar ve las señas y sube sigiloso las escaleras. Josefina le introduce en su alcoba cerrando ésta por dentro.

—¿Cómo te sientes?

La adolorida mujercita quiere hablar y no puede, sus

---

396   ¿Estás….?: ¿Entiendes?.

dientes castañetean como si quisieran desprenderse de las encías, todo el cuerpo tiembla espasmódico; Oscar se asusta. Si se muere la joven, ¿qué será de su reputación?

A las once y media se despide, ternísimo y angustiado, la joven está muy cerca de la tumba. El ha estado dándole Jerez seco durante todo el tiempo transcurrido, le ha explicado cómo funciona y se utiliza el lavado de goma. Las botellas de agua esterilizada y los paquetes de algodón, gasas y pomos desinfectantes y antisépticos, han sido colocados por él entre las telas del pequeñín guardarropa.

* * *

La hermana mayor ha llegado. Se acuesta. Por la casa vagabundean el silencio y la obscuridad. La niña dolorosa, mujer y madre, se ha quedado dormida. La noche pasa. Con los primeros claros del día, Josefina despiértase bajo la contracción dolorosisíma de sus entrañas. Su cerebro oscila un momento entre el despertar y el sueño. ¿Sueña en este instante o estaba soñando que era feliz y gozaba de salud? Pasea en plantillas de medias a lo largo de su alcoba para distraer los dolores que acostada le parecen insoportables.

Unos fuertes deseos de provocar la inclinan sobre la concha del lavamanos incrustado en la pared, arroja[397], y con los esfuerzos producidos por las arcadas, las contracciones uterinas hácense más densas.

—¡Dios mío! –implora Josefina, en ese instante encomendada a todos los santos de su devoción de colegiala católica.– ¡Dios mío! ¡Virgen santísima, perdóname! ¡Le he querido tanto que no sé nada de lo que yo haya hecho! ¡Vir-

---

397 Provocar, arrojar: vomitar.

gencita mía, ampárame, tú sabes que soy buena y que si le amé, suya es la culpa! ¡Yo he sido una inconsciente, Dios mío! ¡Ay, si papaíto estuviera vivo yo no estaría pasando estas angustias, estos dolores horribles que me están quitando la vida! ¡Sálvame Virgencita mía! ¿qué va a ser de mí?

Desahoga en el soliloquio la entristecedora amargura de su espíritu. Pasa el amanecer y se abre la mañana colándose hasta la alcoba donde ella, demacradísima y rota, sufre y sufre. Asustada con el retraso del acontecimiento comienza a vestirse. Cuando peina sus cabellos frente al tocador entra su hermana Julia investigando cómo se encuentra.

Es muy extraño que Josefina, siempre buena y sana, esté de pronto enferma con dolores menstruales que nunca ha padecido. —¡En fin!—se dice. Fenómenos de la Naturaleza siempre inexplicable. Julia es una linda viudita de veintiocho años, ingenua y bien educada. Su marido al morir, le ha dejado lo suficiente para que ella y sus hijos no carezcan de nada. Es una joven honesta y graciosa. Un modelo de mujer honorable; casada a los diez y siete con un hombre consciente de sus deberes y de moral elevada, resulta un fruto perfectamente sazonado; viuda desde hace dos años, su naturaleza de honrada y la educación de niña distinguida preparada para el matrimonio por los consejos de un padre médico y sabio, y el ejemplo de la madre honorabilísima, le permiten soportar su situación fisiológica alimentada con las esperanzas de la juventud.

Esa mañana va de compras; la suegra que vive con ella debido al intenso amor que le profesa a los nietos, retoños del que fué su hijo único, ha de regresar dentro de unos días de un paseo al campo.

Bendiciendo Josefina tales ausencias, se dirige al teléfono para avisarle a Oscar su estado. Este durante la noche no ha podido conciliar el sueño. Las horas pasan crueles y burlonas, para la jovencita lastimosamente angustiada. De hora en hora los dolores arrecian[398]. Y nada. El acontecimiento no acaba de llegar.

Es la hora del almuerzo. Julia nota el demacramiento de su hermana más pequeña y se asusta.

—¿Qué tienes, Josefina? ¿Qué te sientes?

Se levanta de su sitio en la mesa y va por detrás de la hermanita a palparle las sienes y el cuello. Josefina tiene fiebre. Al sentir las manos cariñosas y amables de la hermana mayor sobre su piel, una angustia infinita le nubla los ojos que con el pensamiento ella ordena estén fijos no permitiendo el escape de las lágrimas que se atropellan en sus lagrimales, su boca siente un sabor acre debido al nudo que parece estrangularle la garganta.

—Escucha, Josefina, mejor es que no almuerces, tú estás enferma, tienes fiebre, vete a acostar. Yo luego te daré un purgante. Y más tarde si continúas así, llamaremos al Dr. Rivas.

Josefina, lanzando un suspiro profundo, exclama:

—Tienes razón, me siento mal, pero no debe de ser nada malo ni grave, porque ya dos veces me ha pasado lo mismo en este año.

Y casi desfallecida abandona la mesa para tirarse en la cama. Ya era tiempo. Las piernas negábanse a sostenerla, los dolores a cada instante mas pronunciados. Se niega a tomar el purgante que le trae una hora después Julia, maternal y cuidadosa. Vuelta de espaldas a la luz y de cara a la pared

---

398   Arreciar: hacerse más fuerte.

finge dormir mientras sus dientes muerden la esquina de la almohada, distrayendo los ayes que involuntarios y muy quedos[399] brotan por sus labios enrojecidos y febriles. Así pasa el día. Su hermana, alarmada por aquella injustificable indisposición, viene a cada instante hasta el lecho, interrogándola cómo sigue. Ella le responde sonriendo con ficción, que debe de ser un gripazo muy fuerte unido al período. Al anochecer su martirologio arrecia, se levanta para ir al baño, y allí, encerrada por dentro, de fatiga en fatiga, expulsa en el inodoro algo que al desprenderse y salir le presta un alivio momentáneo.

Así se queda varios minutos siguiendo las instrucciones del papel escrito por la comadrona, donde le indica que después del feto hay que expulsar otra materia, el tiempo que debe transcurrir y las instrucciones para ayudarse. Sus manitas heladas descienden suaves de arriba hacia debajo del vientre y de izquierda a derecha en un masaje consolador. Pasan los minutos, y nada, la jovencita comienza a ponerse fría y asustada, ¿se le quedará dentro aquello? Al fin, tras un cuarto de hora, la placenta desciende y ella jadeante se levanta del receptáculo para ver lo que ha expulsado. Sus pupilas se dilatan, sus crispadas manos tiemblan... En una bolsita de agua unida a mucha basura de gelatinas y sangre, un muñequito de celuloide navega moviendo sus bracitos y rodillas. Josefina, naturaleza preparada para la maternidad, siente como que le estrujan el alma: ¿aquel muñequito es su primer hijo, el fruto de su amor primero, de su inocencia y de su juventud? ¿Y ella se lo dejó arrancar de las entrañas, así, tan indefenso, tan tiernecito? ¿Y ha sido el padre que le diera la vida quien lo ha desgajado para

---

399 Quedo: con voz baja.

asesinarlo entre el excremento de las cloacas? [400] Josefina rompe en unos sollozos entrecortados, secos. De pie, sangrante, mira aquel fruto de su vida sin poder llorar; ¡el estupor que la envuelve es indescriptible!

Coge con sus manos la cadena del inodoro y no se atreve a tirar de ella. El muñequito de celuloide sigue moviéndose en su saquito de agua. A la puerta del baño toca Julia. Josefina espantada le da un tirón a la cadena, y entre el ruído estridente de borbotones de agua, el muñeco desciende aplastado contra las paredes del tubo, por donde va deshaciéndose al impulso de la corriente, en partículas de carnes embrionarias...

Automática se cruza unos algodones y un paño, con otro lienzo esponjea la sangre del suelo, y casi desfallecida logra llegar hasta su cama donde se derrumba llorando copiosamente...

---

400   Cloaca: conducto por donde se vacían las aguas sucias y las inmundicias
      de las poblaciones.

Capítulo XVI

En la desarreglada alcoba Cecilia da vueltas y más vueltas ordenando los cajones de los guardarropas. Una excitación de nervios la domina, está pálida y febril. Oscar lleva cuatro noches sin dormir. Quiere convencerla para que, abandonando por unos meses el delicioso retiro, se marchen juntos a viajar en *tournée* artística. Ella duda si aceptar o despreciar tales proyectos; después piensa que sería un alivio para la pesadumbre de ambos el marcharse a otros países. Pero la curiosidad femenina en acecho, hostigada por el amor, descubre con espanto el móvil de tal viaje, que no es más que una fuga de la justicia o del escándalo si Josefina peligra y se descubre todo.

Cecilia experimenta un infinito dolor moral. Margarita le ha puesto al corriente de la tragedia. La linda poetisa buscó la manera de trabar conversación con la célebre creadora de bailables clásicos.

De jardín a jardín se buscaban los ojos de ambas, y resueltamente se hablaron. Esa tarde así que Oscar salió de casa, Margarita visitando a Cecilia, le contó lo sucedido. La enamorada Josefina está gravísima[401]. En el hogar de la madre se ignoran los motivos de la enfermedad que padece la ingenua de los lunares y las risas. Ella no se dejaba recono-

---

401   Grave: muy enferma.

cer del médico, mas a los tres días la hemorragia se hizo fé-
tida [402] y la infeliz niña madre, horrorizada y deshecha por
el dolor, contole a Margarita el motivo de todo. La dulce poetisa lloró desconsoladamente. Llena de abnegación y espanto [403] fue a entrevistarse con la infanticida, quien teme-
rosa y astuta envió un galeno [404] pagado a precio de oro, para
que diagnosticara la infección de la enferma.

¡Cuántas complicaciones y angustias indescriptibles!
Margarita le había contado a la hermana viuda el secreto de
Josefina; de acuerdo ambas propusiéronse salvarle la vida y
el prestigio. Resultaba un cuadro desconsolador el drama
de esta familia indefensa, honorable y sin dinero, donde cinco ingenuas hacendosas y nobles comenzaban a sentir el
zarpazo de la fiera más temible: ¡El Hombre!

* * *

Oscar no está durante el día en la casa; por la noche se
presenta inquieto y anormal, se desfigura mucho y le dan
vahídos [405] constantemente; los atribuye al estado nervioso.
Las once de la noche canta el reloj de la biblioteca. Cecilia,
rendida de cansancio general va quedándose dormida en la
chaise longue. Como a la una el periodista vuelve del Club.
Al encontrar durmiendo a su compañera, siéntase en una
banqueta baja y velándole el sueño procura dilucidar la difícil situación. ¡Qué de zozobras taladran [406] sus pensamientos! Ya no siente amor por aquella mujer; observa cómo envejece rápidamente. Sin afeites y al descuido resulta poco
envidiable. Tiene la tez [407] ajada [408], la nariz luce más hon-

---

402   Fétido: que huele muy mal.
403   Espanto: pánico, horror.
404   Galeno: médico (por Galeno de Pérgamo [hoy Turquía], 130-200 de n.e.,
      fue un médico griego de mucha influencia en la Europa medieval).
405   Vahído: turbación breve del sentido.
406   Taladrar: dícese de un sonido fuerte que molesta.
407   Tez: piel.
408   Ajada: maltratada, arrugada.

da la línea que divide el cartílago en la punta, la boca muy pálida y las manos descolgadas muestran las venas y las coyunturas hinchadísimas. El periodista siente un hondo y desesperado hastío. ¿Junto a quién pasará la vejez de seductor elegante y buen mozo? ¿Qué será del hijo suyo? ¿Cuántos ha deshecho en embrión para evitarse las preocupaciones y los compromisos de la paternidad?

¡Qué moralizadoras le resultan las leyes del *soviet* ruso! El hombre puede tener en ese lugar de Europa (único de la tierra) todos los hijos que haga, porque el Estado los ha de mantener. Se acabarán en ese país de las nieves, las mujeres abandonadas con los hijos por el seductor infame o los hijos embrionarios que desaparecen destrozados entre los tubos de las cloacas, hasta la mar donde los peces aprovechando la pulpa de los tiernos frutos, para ellos manjares exquisitos, días después en sabrosa carne marina le darán al padre o a la madre algún pedazo del hijo malogrado. ¡Son tantos los niños en embrión que corren, han corrido y correrán por las cloacas de las capitales! ¡Son tantos! ¿Y los deberes de la materia comulgando[409] con el espíritu? ¿Y la moral?... ¡Palabras, más palabras y palabras! Este, como los anteriores siglos, ve los hombres que estallan al transformarse las vísceras de la vitalidad en gusaneras de apetitos innobles, mientras el alma es devorada paulatinamente[410] por el demonio de la insatisfacción. Tal soliloquio le presenta a las mujeres iguales a bestezuelas que tirasen del carro del hogar, guiadas por el marido, y otras veces (cuestión de sorteo) al prostíbulo carricoche, enjaezadas tres o cuatro juntas, mas todas inconscientes conduciendo el rebaño de la Humanidad, alucinadas, deformadas y adoloridas. No hay

---

409   Comulgar: coincidir en ideas o sentimientos.
410   Paulatinamente: poco a poco.

ponderación; tales metáforas resultan de una exactitud vidente. La madre y el hogar son dos bellas palabras irrealizadas. Si pobre, la mujer trabaja más que el hombre, pues cuida la casa, hace la comida, lava la ropa, concibe los hijos, los trae al mundo, los cría y además ayuda al esposo. Si rica, tiene que sufrir las infidelidades, los hijos enclenques por las máculas[411] hereditarias, las mismas máculas en ellas estampadas por el marido. Ese es el matrimonio. Esa es la base de la organización social presente; mientras las predestinadas, las niveladoras cruzando sobre tantas montañas de horrores, forman el pequeño cenáculo[412] de las equitativas.

Ellas resultan las vengadoras del rebaño. Esas mujeres, lindos y seductores titanes de potencialidad anímica, huérfanas de femenidades y sentimentalismos, desbaratan[413] las cadenas constituídas, y ni tiran del hogar ni se uncen[414] al prostíbulo. Ellas imponen sus gustos, hacen respetar sus leyes y a sus latigazos el hombre va evolucionado en la esfera social.

Pero esas mujeres de cerebros hermafroditas, forman un pequeño número. Las tradicionales ingenuas continúan abasteciendo el establo de la sociedad, brindándoles cuadrúpedos mamarios a los hogares y a los prostíbulos.

La Humanidad sufre y gime. La vida pasa llena de juventud y belleza entre los pliegues de un manto cochambroso donde las sabandijas procuran ocultarse de la luz...– Oscar, bajo la negativa del soliloquio mental quédase dormido. Cecilia abandonando el sueño se despierta y viéndole a sus plantas reflexiona también, abstraída por el dolor psíquico.

Durante diez años de vida muy vivida: ¡cuántas fortunas desbaratadas entre sus manos! ¡Cuántas vidas estrujadas en sus brazos!...

---

411   Mácula: literalmente mancha; (metáf.) deshonor, enfermedad, etc.
412   Cenáculo: grupo cerrado y exclusivo.
413   Desbaratar: deshacer.
414   Uncir: atar; se usa generalmente con referencia a sujetar los bueyes u otros
      animales al yugo.

Ella poseía el arte de saber inspirar el amor, ella utilizaba la gracia, el desprecio, el deleite, el interés encubierto con delicadezas finísimas, las transiciones de la nostalgia a la risa, de lo inverosímil a lo absurdo pasando por el llanto pintoresco y agradable; mas en el fondo de toda esta agridulce amalgama, existía sólo un secreto culto a sí misma, veneración a su carne, a la belleza, al espíritu adolorido por la revelación del enigma, cuando el primer dolor desgarrado y grande le hirió aquel espíritu de supercivilizada, que no había de cicatrizarse más nunca.

Si tuvo y tenía fervientes adoradores de sus danzas emotivas y sobrenaturales, tenía también adoradores de su belleza extraña, embrujatriz, toda ficción de líneas y colorido; otros adoraban el carácter complejo, variable y original, su cultura e inteligencia, el timbre de la voz modulante y cálida, la gracia de los gestos y el placer que sabía repartír en las horas privadas.

Y cuando el hombre durante la primavera de su vida quiso estrujarla como si ella fuese un fruto sin transcendencia de angustias y dolores, la mujer privilegiada y talentosa tuvo la clave del enigma sociológico: las débiles eran las víctimas, las fuertes serían las niveladoras, para vengar el montón anónimo y sus dolores ocultos. ¿Que un hombre niega, insulta, absorbe y transfigura sin conciencia ni escrúpulos, a la mujer que le brinda juventud, placer, y ternuras, a cambio de los dolores que él pueda ofrecerle? Pues en los brazos de la niveladora quedarán vengadas las abastecedoras, con el mismo látigo que él fustiga será fustigado, con igual crueldad e idéntico dolor.

Las entrañas de la hembra superior vengadora y reformante, quedarán sangrando sobre la cabeza de sus víctimas, después de haber agotado aquellas vísceras varoniles que tantas femeninas destrozaron.

¡Si por un corto lapso de tiempo todas las mujeres se transformaran en niveladoras, la vida sufriría un cambio transcendental!

Que no den nada hasta que no les hayan dado mucho, puesto que a la postre[415] siempre serán ellas las que dan más. Que cuiden de la riqueza de sus afectos como de un tesoro encantado, que tan pronto comienza a prodigarse desaparece. Que aguarden prevenidas la traición del macho. Que piensen siempre lo malo y aguarden a todas horas la herida. Preparadas para la represalia antes de que las combatan, atacando antes de llegar a sentirse sorprendidas. De manera que si estos procedimientos no brindan la adquisición de la completa dicha ellas adquirirán con su desencanto el arrepentimiento de sus desencantadores.

Por lo menos implantar la ley de compensación. Si nuestros dolores físicos y morales resultan más agudos y frecuentes, establezcamos la ley de compensación exprimiendo la vanidad en el alma del hombre, hasta producirle contracciones y espasmos parecidos a los que nosotras sufrimos.

Entonces resultara que ellos fabricando leyes que nos mejoren socialmente, se producirán por acción refleja bienestar equitativo.

Cecilia observa el sueño de su amante.

De un armario saca un estuchito de marfil donde guarda una jeringa y morfina, prepara una inyección y se pincha el brazo. Un bienestar ensoñador la envuelve. Oscar despierta, la ve sonriente, dormida; y entre sus brazos de varón hercúleo transpórtala hasta el lecho.

---

415   A la postre: en fin.

Comprende el estado anormal de su compañera porque ha visto los útiles de la droga sobre una mesita. El siempre ha procurado esquivar los paraísos artificiales; los conoce pero no los practica, sólo algunas contadas veces había cometido tal *sport* psicológico.

La danzarina se ha querido lo bastante para huir concienzuda de las corrientes morbosas que arrastran por el declive del idiotismo y las inconsciencias transcendentales. Los modernos paraísos de autosugestión eran en su vida juguetes que a ratos muy contados solían distraerla. Pasaron aquella noche poseídos por una fiebre pasional desenfrenada. Oscar poseía a Cecilia bajo la sugestión del alcohol y el acicate de las caricias felinas y embriagadoras. Ella se dejaba poseer con unas ansias enfermizas, embriagada por la morfina, queriendo apurar hasta lo más intenso el placer que guardaba su cuerpo otoñal, su juventud en derrota, su carne en sazón de fruto hecho. ¡Morirían juntos! –decíase mentalmente–. Me lo llevaré a la tumba. Los mismos gusanos devorarán nuestras carnes insanas. Ella sabría truncar a tiempo su vida hecha, su amor envenenado, su hombre que la traicionaba y le pertenecía por derecho sobrehumano.

¡El moriría con ella ! –Y lo besaba en aquel lecho envuelto por la penumbra que la luna filtrándose por los cristales ahuyentaba hasta los ángulos. Sobre su divino cuerpo desnudo contemplaba con delectación olímpica el cuerpo del amante acariciador, bello como un Adonis demoníaco. ¡Morirían juntos! ¡Oh qué sublime placer experimentaba cuando le hería ese pensamiento consolador y obstinado! Ella así le evitaría la vergüenza de la vejez que pone al hombre impotente y ridículo tan pronto cesa la virilidad. Evitaríale los remordimientos de sus crímenes impunes en que resultaba ser cómplice su sexo, y asesino el egoísmo satánico. ¡Morirían juntos! Bajo el cendal[416] de esta idea consoladora, Cecilia retorcíase en un placer dolorosísimo.

De improviso por la habitación en tinieblas, donde las exclamaciones de un placer retorcido quedaban ahogadas, paseábase a ratos una sombra imprecisa que sentían ellos dos como un bloque de hielo caer sobre sus espíritus. ¡Era el dolor inmensurable de la pobrecita Josefina, tan gravísima en esos instantes que llama bajo el delirio de la fiebre septisémica al adorado asesino!

---

416   Cendal: tela de seda o gasa.

Capítulo XVII

Al día siguiente, Oscar hasta las doce en la cama febril y malhumorado, mira las vueltas y revueltas de Cecilia, quien continúa en su extraña labor de ordenar armarios. Las joyas las pone todas juntas; una inmensa caja ha sido llena con encajes auténticos, otras con flores y algunas con abanicos preciosos.

—¿Se prepara Cecilia para el viaje?—piensa el escritor abrumadísimo por el derroche de acontecimientos deshilvanados sobre su cabeza durante los días últimos del mes que termina.

Una de las veces que Cecilia pasa junto al balcón de la biblioteca, escucha procedentes del chalet vecino unos ayes lastimosos. Es la madre de la jovencita, quien enterada de la gravedad de su hija llora desesperadamente, aguardando el triste desenlace del drama que desconoce, y del cual resulta víctima su niña mimada, el último fruto de tan venerable matrona.

En el portal aparece Margarita enjugándose los ojos con el pañuelo.

Luisa desde la verja atisba[417] la calle en espera de algo. El ruido de una bocina hiere los aires; un automóvil desemboca por la curva de álamos que ensombrecen el camino.

---

417   Atisbar: observer con cuidado.

Frente a la verja del chalet se detiene. La madre de Josefina toda de negro asoma pálida y llorosa a la puerta de entrada. Del interior del vehículo dos médicos y la hermana viuda ayudan a cargar la desfallecida enferma. En cinco días ¡cómo se ha desfigurado la joven! Delira continuamente y llama a Oscar.

La madre llora en silencio. ¿Qué le ha pasado a su hija, Dios bendito? ¿Qué le han hecho a la niña de su vejez?

Cecilia desde la ventana contempla estremecida la escena dolorosa. ¿Y es el hombre adorado, el dueño de su amor y confianza el causante de toda esa hecatombe[418] familiar, desarrollada sobre una familia indefensa, cuyos componentes resultan mujeres honradas, ingenuas y solas? ¡Es el periodista, el escritor, el mundólogo que descansa fatigado por una noche de intenso placer enfermizo, sobre la mullida cama donde ella le ha brindado el rescoldo[419] bienhechor de su cariño!...

Cecilia deja la ventana como una autómata pendiente de un hilo, el de la venganza; su cerebro se hace un laberinto de divagaciones desesperantes, todo el enjambre de rencores y pesadumbres dormidos resucitan por el cerebro febril. Envuelta en la llama de las nuevas revelaciones dirígese al comedor.

De la nevera saca una botella de vino blanco y otra de menta, vierte dentro de las dos el contenido de un pequeño pomo que luce una etiqueta con dos tibias[420] y una calavera. Sirve una copita del verde líquido que prefieren siempre los amantes refinados. Lleva hasta la cama la bebida absorbente y Oscar apura las tres cuartas partes, tomando ella el resto. Cinco minutos después el escritor siente fuertes do-

---

418 Hecatombe: desastre, mortandad.
419 Rescoldo: chispa.
420 Tibia: hueso de la pierna (se refiere al símbolo internacional usado para indicar algo venenoso).

lores de estómago, los atribuye a la mala noche y le pide otra copita del mismo licor; ella corre a traérsela sonriendo enigmática. Oscár bebe de un sorbo todo el líquido, y sus dolores arrecian.

—¡No me los calma esta demonia de menta!–dice mortificado por las contracciones. Cecilia sirve lo que resta en la botella y toma de un trago al responder:

—Pues mira, para que no reniegues del bendito licor, me lo tomaré todo.

—Esa menta ya no sirve. Está vieja, se ha echado a perder con los días que tiene de abierta.

—¡Calla tonto! Es una bebida inmejorable. Nunca hemos tomado nada más consolador...

El periodista vistiendo un pijama lila vase hasta el hall, para leer los periódicos.

Mientras llega el almuerzo, ella va hasta el jardín a cortar flores. Un cuarto de hora más tarde, retorna hacia el interior cargada de gladiolos, diamelas, moyas, jazmines, mariposas, heliotropos, helechos, violetas, musgos y azucenas; son dos cestos grandes llenos de flores perfumadas. Echa todo este derroche de colores y aromas encima de la *chaise longue*, cierra las ventanas de la salita; llena de alhucema[421], mirra, sándalo e incienso el pebetero de plata, vuelca sobre los cojines un frasco de violetas, otro de lilas y otro de jazmín, en las alfombras riega perfumes orientales concentradísimos y embriagantes, después cierra todas las puertas y se dirige al comedor. Allí le aguarda Oscar palidísimo e indispuesto.

—¿Qué tienes monitín?–pregunta ella.

—No sé mi vida, pero me siento muy mal.

---

421   Alhucema: planta similar a la lavándula.

—Yo también. Almorcemos y veamos cómo nos prueba la comida. Tal vez sea debilidad y cansancio. Seamos como dos enamorados en la luna de miel; hace un año que nos volvimos a reconciliar, deseo quererte hoy a semejanza de ayer; esa desconocida pesadumbre interior que te posee, quiero desvanecerla con mis caricias y el hechizo de mi arte...

Hace meses que no bailo, hoy voy a estudiar, necesito tus consejos respecto a las nuevas danzas de Chopin que pretendo interpretar durante nuestro próximo viaje; ¿supongo que no te habrás arrepentido de los nuevos proyectos? A la tarde los criados prepararán el equipaje; nos iremos hacia donde tú digas, al Paraíso o al Infierno; ¿quieres monín mío, tesoro mío?

El responde imprimiendo fieramente sus labios sobre la linda boca que muerde una ciruela. Comen poco. Oscar bebe mucho, fuma sin cesar, después casi ebrio Cecilia le conduce hasta la salita obscurecida. Y allí tirado sobre la *chaise longue* llena de flores, en la atmósfera enrarecida y asfixiante, debido a los perfumes y al humo concentrado del pebetero, ella pone un rollo de Chopin en la pianola. Frente al espejo dorado quédase desnuda, tiende por sus espaldas la rubia cabellera, e interpreta un bailable girando sobre la punta de sus pies alígeros con ritmos que idealizan las líneas del cuerpo helénico, tendidos los brazos por encima de la cabeza, dibujando girones de nubes con el velo negro que sujetan sus manos; gasas transparentes tan pronto enroscadas al cuerpo como flotando artísticas. Ella baila poseída por el Arte, disfruta un paroxismo[422] supremo, algunas veces retuércese bajo el espasmo del veneno ingerido, mas

---

422   Paroxismo: vehemencia, excitación extrema, hasta perder el sentido.

prontamente erguida[423] ríe a los aires las estéricas[424] notas de una carcajada sensual. ¡Qué suavidad de gestos, qué ritmo en las figuras aladas! ¿Es una mujer o es una estatua móvil que se desliza sobre las alfombras? En la punta de los pies, con los brazos tendidos hacia el techo y la gasa distendida por la espalda, dóblase hasta el piso desgajando su cabeza en una catarata de cabellos rubios. De improviso cae sobre la alfombra. Oscar entre las medias tintas de la suprema embriaguez que le posee acude hacia ella. Vuelta en sí rápidamente, su espíritu acechador no la deja desfallecer, y dice al amante:

—Desnúdate. Quiero bailar viéndote desnudo.

El se arranca el pijama echándose sobre la *chaise longue*. Le besa ella los ojos, el cuello, todo el cuerpo varonil tendido entre las flores, él sonriendo inconsciente déjase poseer bajo una sensación indescriptible. Sus nervios están flácidos, ardorosa la carne, intoxicadas las venas. Unos gritos lastimeros llegan hasta la estancia, procedentes del *chalet* vecino. Cecilia, incorporándose como una tigresa, exclama rechinando los dientes, con las pupilas chisporroteantes[425] y feroces:

—¡Josefina ha muerto!

Oscar despertando enloquecido pregunta tartamudeante:

—¿Qué has dicho?

—¡Que Josefina ha muerto!–Y rompe a reir con una carcajada inverosímil.

—¿Cómo lo sabes?–pregunta el escritor temblando, medroso[426].

—La trajeron esta mañana dos médicos y la hermana

---

423   Erguida: de pie.
424   Estérica: histérica.
425   Chisporrotear: con fuego, chispas.
426   Medroso; con miedo.

viuda: ¿Crees que no estaba enterada de todo? Pues bien canalla, asesino, sábelo de una vez. Estoy enterada. ¡Estoy enterada!–Y desata suavemente la risa estérica que le nubla los ojos de lágrimas.

Un agudo e irresistible dolor la desploma[427] encima de las flores. Oscar junto a la pianola, con la cabeza inclinada entre las manos, experimenta dolores que le desgarran las entrañas, indescriptibles estrujamientos interiores, el estómago quiere deshacérsele a punzadas que le hielan el cuerpo y tiñen de verde el bozo[428].

Chopin continúa incorpóreo sollozando una sonrisa en el teclado de marfil...

El periodista abrumado por la desesperación vuelve hasta Cecilia retorcido con los espasmos insoportables del envenenamiento y los mismos gritos agudos que llegan desde el vecino *chalet* hasta la salita penumbrosa hieren cual afilados espadines la sensibilidad de ambos.

—¿Los oyes? Es la madre enloquecida de dolor, llorando a gritos como si el alma se la rompieran a hachazos. Es la madre de esa niña huérfana e incauta que tú cobardamente asesinaste hace cinco días.

—¡Cecilia, Cecilia, perdón !–exclama el amante, cayendo de rodillas, junto a la *chaise longue*. Sus ojos están empañados por unas lágrimas de asesino preso infraganti.

—¡Perdón! Calla, miserable. Ella está vengada y también yo.

—¿Cómo? ¿Me entregarás a la justicia? –pregunta él con sorna[429]. —Si no eres consecuente, sabré matarte, malvada –agrega oprimiéndole con furia las muñecas.

Ella lanza un grito producido por distintos dolores, las

---

427 Desplomar: caerse sin conocimiento.
428 Bozo: barba, pelo.
429 Sorna: disimulo, burla.

contracciones estomacales el destrozo de su alma y el estrujamiento de las muñecas débiles. El suelta compadecido y abochornado[430] las manos que tanto le han acariciado.

—¡A la justicia miserable, cobarde! Si estás herido de muerte. Si yo te hice justicia. Si te he de ver morir. —Y estérica ríe la horrible carcajada del dolor.

—Cecilia, tú deliras; ¿qué has dicho, mujer vampiresa, mujer mefistofélica, mujer demoníaca, mujer cínica? ¿qué dijiste? ¡Repítelo!

—¡Nada! —agrega loca de sobrehumana satisfacción la niveladora.

Oscar cae sobre la *chaise longue* retorcido por el sufrimiento más insoportable. Cecilia le abraza diciéndole:

—Demonio, cobarde, ridículo remedo de Satanás, hombre mío, tómame, anda, poseeme, vamos a morir gozando al dolor, apuremos el cáliz venenoso del placer último, gózame, te quiero infame, te adoro canalla, te deseo pedazo mío, mío, únicamente mío, para siempre mío.—Y lo besa, lo besa enloquecida de placer frenética y divina en su desnuda y embriagante belleza de diosa.

El al desatarse el equilibrio de sus fuerzas nerviosas, la estrecha entre sus brazos hasta que los huesos de ella crujen como destornillados. Cecilia da un grito agudo, hiriente, y cae desmadejada al suelo. Se lanza él encima de la amante, y los dos desnudos sobre la alfombra forman un solo cuerpo...

—¡Ay, me muero, me muero! Te he querido mucho. Eres un infame, Oscar mío, eres un canalla, pero te he querido con locura, te adoro. En este momento soy la mujer más feliz de la tierra, porque te llevo conmigo hacia la nada.

---

430   Abochornado: avergonzado.

Divino mío, gozador de todo lo mío mi rey, mi hombre, mi Dios, mío, todo mío!

El experimenta un síncope agudo, sus manos están dormidas, la lengua se abotarga y entumece[431], el corazón dilata los latidos hasta su garganta, se ahoga, se asfixia. Un dolor horrible desbarata su estómago, los ojos miran empañados[432] los objetos. En su cerebro se hace la luz un instante, con las pupilas vidriosas y espantadas le pregunta tartamudeando:

—¿Me has envenenado?

—¡Sí! ¡Moriremos juntos! –exclama ella con un débil quejido de agonía, y procurando incorporarse agarra entre sus manos la cabeza del escritor poniendo un beso hondo sobre la boca pálida. El hace un esfuerzo de virilidad y rechaza salvaje la caricia; se incorpora alejándola de sí, pero las fuerzas le abandonan y mientras lucha por erguirse tartamudea egoísta:

—Voy al médico. Me salvaré. Socorro. Socorro. Un médico. ¡Estoy envenenado!

Cecilia en tanto débilmente ejecuta su carcajada histérica.

—Bésame cobarde, ten valor para morir sublimizado por el placer que te brindo.

—Apártate vampiresa, serpiente.–replica desfallecido.

Los dos deshechos y sudorosos, jadeantes y moribundos, notan que Chopin continúa gimiendo su melancólica risa. Ella recobrando fuerza y lucidez se levanta conmovida por la polonesa, y baila un minuto persiguiendo las visiones del aire que la música hace visibles ante su momentánea vitalidad de agonizante. Con las piernas muy juntas, los brazos levantados y la mirada vaga, ¡qué bella luce la danzarina

---

431   Abotagar: hincharse; entumecer: paralizar.
432   Empañados: opacos; se dice de los ojos cubiertos de lágrimas.

genial! Oscar frente al espejo sufre los retorcimientos de horribles dolores. Ella para no sentirlos pónese morfina. El se muerde rabioso los brazos, está ebrio de dolor, de belleza, de pasión. Ella le ve por el espejo y exclama horrorizada:

—¡Nos morimos!

El también contempla rápidamente su cuerpo desnudo que finge un sátiro agonizante y hermoso. Cecilia contraída por el postrer [433] paroxismo de dolor se abraza al amante y ruedan los dos sobre la *chaise longue*, donde los perfumes de los cojines y las flores les ayudan a morir más rápidamente.

—¡Ay Oscar mío, ya me muero! –exclama suspirando débilmente con los estertores finales– ¡Me muero y te llevo conmigo, dueño, alma, tesoro de mis entrañas!

El nota cómo palidece, ¡qué bella está!

Pasado el ímpetu salvaje que despierta el instinto de conservación, el horizonte mental se diafaniza y renacen depuradas y robustecidas las aficiones congénitas, el artista adorador de la línea, los colores y el gesto sublime comprende y admira la belleza suprema de la mujer que muere amándole. Momentáneamente su cerebro niégase a pensar y la naturaleza a sentir; sólo el espíritu a flor de boca lo inclina sobre aquellos labios cuajados de espuma y el último instante de su conciencia vital despierta el dinamismo del sexo; estrechándola entre sus brazos siente que los dos cuerpos y las dos almas vuelan fundidas, la embriaguez de la muerte les hace olvidar el fin que comienza. Ella murmura entre quejidos:

—Mío, mío, ¡mátame, pero muere conmigo! –Un dolor nuevo la desmaya y estrangula.

---

433   Postrer: último.

El inmóvil también agoniza. Los dos están atados por el lazo de sus carnes, de sus dolores y de la muerte; los ojos de Cecilia están vidriosos, crispadas las manos, vase adormeciendo el cuerpo; bajo una catalepsia transcendental, ya no ve al amado pero lo siente; de pronto un espasmo absoluto sacude sus nervios igual que un plumero de fibras cortantes; ella lanza un quejido desgarrador, y sus pupilas ven al amado por última vez, desempañadas con el llanto que instantáneamente se cristaliza, para dejarla en la eterna obscuridad. Ha muerto.

El escritor la siente inmóvil bajo sus brazos, junto al cuerpo; y abstraído por la belleza de la muerte magnetizadora entrégase a la agonía suspirando dulcemente redimido por el dolor; mientras, el incorpóreo Chopin, continúa desatando las risas quejumbrosas, que estremecen el teclado funeral...

Thank you for acquiring

La gozadora del dolor

from the
Stockcero collection of Spanish and Latin American significant books of the past and present.

This book is one of a large and ever-expanding list of titles Stockcero regards as classics of Spanish and Latin American literature, history, economics, and cultural studies. A series of important books are being brought back into print with modern readers and students in mind, and thus including updated footnotes, prefaces, and bibliographies.

We invite you to look for more complete information on our website, **www.stockcero.com**, where you can view a list of titles currently available, as well as those in preparation. On this website, you may register to receive desk copies, view additional information about the books, and suggest titles you would like to see brought back into print. We are most eager to receive these suggestions, and if possible, to discuss them with you. Any comments you wish to make about Stockcero books would be most helpful.

The Stockcero website will also provide access to an increasing number of links to critical articles, libraries, databanks, bibliographies and other materials relating to the texts we are publishing.

By registering on our website, you will allow us to inform you of services and connections that will enhance your reading and teaching of an expanding list of important books.

You may additionally help us improve the way we serve your needs by registering your purchase at:
http://www.stockcero.com/bookregister.htm